再見！秋水！

畢璞——著

三民書局

再版緣起

小小一冊的《再見！秋水！》，書頁中沉澱著文字情深的綿長韻味，細細讀來，酸甜泛上心頭，故事中人物的形象逐一躍然紙上，人生世事無常的嘆息與輾轉波折的情節，在在令人難忘。

《再見！秋水！》由十一篇短篇小說集結而成，將六〇年代男女之間的曖昧情感娓娓道來，透過畢璞女士的筆下，我們隨著牽動人心、蘊含深意的文字，或哭或笑、或憂或喜，感受作品的魅力。不論是〈穿黃衣的女孩〉流露出對逝去青春的感嘆與體會；〈那快樂的一對〉思辨何為真正的幸福；又或是〈再見！秋水！〉勾勒一位年輕男子微妙而青澀的情感變化。無一不是時代經典。

此次，編輯部設計嶄新的書封、版型，重新編校，讓此經典之作以全新的面貌呈現於讀者面前。期盼能於時光長河中，持續讓讀者感受其迷人的文字魅力以及難忘的感動。謹願此刻每一位手捧此書的朋友，都能沉浸於文字之中而有所收穫。

三民書局編輯部　謹識

目次

穿黃衣的女孩

一隻小小的黃蝴蝶在草叢間飛舞著。不遠處，幾株杜鵑花已在怒放，一叢白的，兩叢紅的，花雖不美，遠看卻給人一種燦爛之感。小小的黃蝴蝶對杜鵑花似乎並不感到興趣，卻原來草叢中已綻放了星星的小紫花。綠草、紫花、飛舞的黃蝴蝶……窗外的春光正好，而窗內依然死氣沉沉。這裡面，五十八歲的康教授，禿頂，戴著老花眼鏡。四十三歲的秘書麥小姐，戴著深度的近視眼鏡，穿著深藍色的旗袍。而二十五歲的助教小馮，並沒有給這間系主任辦公室增加一絲生氣，因為他也戴著近視眼鏡，穿著黑色的毛衣，而且他還是一個不喜歡笑的人。

小小的黃蝴蝶輕盈地飛舞著，當牠飛到康教授的窗前時，康教授忽然從他的德文書上抬起頭來發現了牠。他對著牠看了好一會兒，突然就轉過頭去對他的兩個同事喊：「你們看，一隻黃蝴蝶！」

沒有人去看黃蝴蝶，相反地，麥小姐和小馮卻彼此交換了驚訝而帶著憐憫的一瞥。一隻小蝴蝶有什麼好大驚小怪的？可憐的系主任，一定是工作得太累了！

康教授並沒有注意到他們臉上的表情，在他的眼中只有黃蝴蝶。他對著牠凝視著，凝視著；漸漸的，他連黃蝴蝶也看不見，他看見了一個穿黃衣的女孩。長長的、柔軟的黑髮在背後飛揚著，頭上束著一根寬寬的黃帶子。她的衣衫是掬取春日的陽光織成的，黃得那麼嫩那麼鮮，像春杏的皮，又像剛剛打開殼的雞蛋黃。衣衫是鬆鬆的、短短的，裹住她苗條的、青春的胴體，露出了修長的腿。兩條雪藕似的臂膀也完全裸露在外，右臂輕快地擺動著，左臂卻抱住了一疊洋裝書。

她的步履好輕盈，輕盈得像一隻蝴蝶。從巷底走到巷口，康教授走得很吃力才勉強跟在她後面四五步的距離。啊！請不要誤會，我不是個釘梢的登徒子，我只是禁不住要欣賞她的美。她是誰？我從來沒有見過她，是新搬來的鄰居嗎？她是個大學生，假如是我們學校的就好。那麼我們可以天天同車了。要是我的學生就更妙，現在我雖然還看不到她的臉，但我相信她一定很美，上帝不會笨得把一張平凡的臉配在這樣一個胴體上的。

走到巷口，她匆匆趕上一部正要開行的公共汽車。康教授氣喘喘地站在那兒拭著額上的汗，感到十分失望：她不是我們學校的。當他搭上了他自己那線公共汽車時，還是喘個不停。一個揹著書包的小學生站起來要讓位給他，他卻紅著臉從人叢中擠到前面去。我是怎麼搞的？老都老了，三十年來不近女色，為什麼忽然間對一個路上碰到的女孩子著了迷？而且還要胡思亂想？

他不許自己胡思亂想，但是那天在講課時卻錯誤百出。

那已是十天前的事。近十天以來，只要是他第一節有課，就都在巷子裡碰到那個穿黃衣服的女孩子。不過他不知道她住在哪一間屋子裡，這巷子裡一列都是同式的公寓，一個門口就是八戶人家。她幾乎天天穿著黃色的衣服，有時是一身的黃，有時是白衣黃裙，有時是黃衣白裙，而且總是黃得那麼嫩，那麼鮮，使人聯想到陽光，初升的滿月，還有春天原野中的小黃菊。黃色是光明和青春的象徵，她是青春的女神嗎？我的青春呢？

終於，他看到她的臉了。那正是他想像中的臉。小小的，下頦尖尖的，有著象牙色皮膚的，玉女型的，像觀音大士，也像瑪利亞。它跟他的想像，跟它主人的胴體是那麼配合，配合得完美無疵。他第一次看見它的時候，竟然起了膜拜之念而不敢正視。是的，她是個女神，是個青春的女神。但是，我的青春呢？我那逝去了三十年的青春在哪裡？假使魔鬼真的能夠使我重獲青春，我真的寧願把靈魂出賣。

那天，他大發慈悲地把德文文法的考試延期，特別為他的學生們上了一課歌德的悲劇「浮士德」，贏得了學生們的鼓掌歡呼。

我的青春遺留在德國的漢堡，遺留在安娜的記憶裡。

康教授揉揉眼睛，小小的黃蝴蝶飛走了，穿黃衣的女孩不見了，他聽見了上課的鈴響。他對助教小馮說，他今天有點不舒服，不想上課，去宣佈給他們放一節假吧！

麥小姐好心地走過來問他，哪裡不舒服，要不要去買什麼藥來吃。他搖搖頭望著她那張平板的、脂粉不施的素臉說：「我只是有點累。假使你不介意，我到長沙發那裡躺一躺好嗎？」

「當然我不介意。康教授，您請便吧！我和小馮都覺得，您年紀大了，不應該太勞累的。」麥小姐是個心腸很軟的女人，說著，她覺得自己的眼眶已經有點濕潤。

一定是昨天晚上看書看得太久，睡得不夠之故，要不然，今天怎麼會這麼睏，眼皮這麼重？康教授躺在長沙發上才閉上眼，他那還沒有出賣給魔鬼的靈魂就逆著時光之河回到三十二年前；越過千山萬水，飛到漢堡去。

他彷彿覺得自己正和安娜手牽著手，在長滿了野花的草原上散步。安娜披散著一頭金髮，穿著一襲杏黃色的薄衫，在陽光的照耀下，像是一具金色的塑像。他凝視著她那雙湛藍如海的眸子，突然間，把她擁入懷裡，喃喃地問：「安娜，你願意嫁給我嗎？你願意做一個中國人的妻子嗎？」

「當然我願意。康，你知道的，我以做一個中國人的妻子為榮啊！」安娜也緊緊的摟著他，並且自動給他一個甜吻。

他高興得擁著她在草原上迴旋著跳起了華爾滋舞。他深深地愛著這個美麗的異國女郎，她是他同校的大學部三年級的學生，而他馬上就可修完博士學位了。當他剛入學不久，就發現了這個愛穿黃衣的倩影。多年來，他對黃色一直有著特別的愛好（是在潛意識中還想著小蘭嗎？他有時也會紅著臉為自己分析）；所以，他一遇見安娜，就不由自主的被她吸引著。何況，她更有著像璀璨的陽光一般的金髮和湛藍如海的雙眸？

然而，安娜卻無福氣做一個中國人的妻子。就在康通過了博士學位的口試不久，我們神聖的抗日戰爭就爆發。康是個愛國的熱血男兒，他放棄了母校留他任教的聘書，馬上束裝回國，準備參加抗戰工作。他對哭得雙眼紅腫的安娜說：「安娜，你等我一年好嗎？要是戰爭在一年內結束，我一定馬上趕回來和你結婚。一年後還不能回來的話，那就是我們沒有緣份了。」

安娜等了他兩年，他還不能重返漢堡；然後，歐戰也爆發了。從此，他們失去了聯絡，直到戰後的第三年，康才輾轉托人打聽到她的消息。她已在戰亂中嫁了一個年紀很大但是卻有能力保護她的人，現在已是綠葉成蔭子滿枝了。他黯然把一封準備寄去傾訴多年相思之苦的信撕得粉碎。在他的想像中，安娜的金髮一定不再璀璨，湛藍的眸子一定不再閃亮，少女時代的黃衫一定已不能再穿，發胖了的身軀恐怕只能繫著格子布的圍裙，一天到晚在育兒室和廚房之間團團轉吧？

女人一結婚生子就變了，變得現實，變得一點羅曼蒂克的氣氛都沒有。安娜是這樣，家鄉的小蘭也是這樣。他回到家裡的第二天，就去看小蘭。他的母親告訴他，小蘭早已嫁人了，還去看她做什麼呢？但是他還是去了，他忘不了這個青梅竹馬時代的伴侶。安娜是他長成後的情人，而小蘭卻是一個小男孩心目中初戀的對象啊！

走過幾條石板街，他找到了一間門前種著柳樹的紅磚屋。他敲了兩下門，一個面如滿月，正敞著衣襟奶孩子的少婦走出來，朝他上下打量了一下，用不怎麼禮貌的聲調問他找誰。這一天，他特地脫下西裝，換上家常穿著的中裝衣褲。

「請問這是小蘭的家嗎？」他有點尷尬地問。

「我就是小蘭。你找我幹嗎？」聲調還是很不耐煩。

「你是小蘭？怎麼跟以前完全不一樣了？我就是康梁呀！」他歡欣地叫著。但是，他不敢正視她，她那敞開的雪白的胸脯令他不安。

「哦！原來是你！聽說你從外國回來，現在是個大人物啦！進來坐吧！」小蘭斜睨了他一下，臉上和聲音裡都帶著嘲弄的表情。

小小的屋裡佈置得很簡陋，兩個髒兮兮的孩子正蹲在地上玩石子，看見他走進來，都瞪大著好奇的眼睛。小蘭招呼他坐下，然後把懷中的孩子抱進房間去。一會兒，她捧著一杯茶出來，衣襟還是半敞著。她在他對面坐下，一會兒罵大的孩子，一會兒罵小的，就是沒有跟他說話。

他不安地坐著，偷偷地端詳著她的臉，怎樣也找不出小時那副俏麗可愛的樣子。他忽然害怕起來，我會不會找錯人了？這個正在發胖的、粗俗的女人，會是當年梳著雙辮，辮梢繫著黃色的蝴蝶結，穿著黃色碎花衣褲，跟他一起在山野中放風箏、採野花、捕蜻蜓的小女孩嗎？他記得：當年他曾經在心中暗暗發誓，將來長大了要娶她做妻子的；他也為她的黃色碎花衣褲而對所有穿黃衣的女孩發生好感。然而，假使他真的跟她結婚了，面前這個邋遢的、隨便的女人就是他的妻子；那麼，他將何以自處？

「小蘭，這些年來你都好嗎？」不能老是沉默下去的，他終於想出了這一句話。

「有什麼好不好的？反正我們窮人就是要過苦日子。」她白了他一眼，彷彿她現在的貧窮是他的責任。

「孩子們的爸爸，阿漢沒有在家？」他終於提到了她的丈夫，那個當年常常欺負他的野孩子。

「當然不在哪！男人大白天不出去做工，老待家裡幹啥？」又是一頓搶白。

他默默地站起身來，從口袋裡掏出他母親為他準備好的紅包，放在桌子上。「我來不及去買東西。這點小意思，算是我給孩子們的見面禮，請你收下。」說完，他就大踏步走了出去。

半個月之後，他再度離開家鄉，從此沒有回去過，初戀的甜夢從那天起就澈底的破碎了。在以後那麼多年的歲月裡，梳著雙辮，穿著黃色碎花衣服的鄉下小女孩的影子雖然偶而會閃過他的腦海；但是那個肥胖的、粗俗的、半敞著胸的女人，他卻從來沒有想起過。

初戀的甜夢破碎了，幾年以後，他青春的綺夢也宣告幻滅。他並不是一個痴心的、從一而終的情聖，這麼多年來之所以仍然獨身，只是由於曾經滄海難為水，眼界太高；而且，他對女人，也因為小蘭的大變而多少具有戒心。漸漸的，年紀大了，他已習慣於孤家寡人的生活；除了書本，他似乎不知道生命中還有其他的東西。

黃衣女孩的出現，像是漫漫長夜中的一道曙光；像是荒漠中的一塊綠洲；又像是他清修生活中撒旦對他的試探。他興奮，他歡暢而又惶惑。望六的人了，怎會為一個不到二十歲的小女孩動心的？難道我這個東方二十世紀的浮士德真的遇到了魔鬼？不！不！黃衣女孩只是小蘭和安娜的影子啊！

在睡夢中，康教授夢到很多很多黃色的小蝴蝶在草原上飛舞。牠們有的變成了梳著雙辮、穿黃色碎花衣褲的小女孩；有的變成了金髮飄揚的異國美女；還有的變成了手上抱著洋裝書、穿著黃色迷你裝的大學女生。康教授變成了少年人，牽著一個黃衣少女（他不知道她是誰）在青春的原野上奔馳著，青春的活力在他的身體內奔流，他覺得自己也快要像蝴蝶那樣可以飛起來了。突然間，他和她奔到一個斷崖的邊上，下面就是波濤洶湧的大海。他一時止步不住，兩個人就像蝴蝶那樣飛了起來，然後，又像一片落葉似的往下墜，往下墜……

他在夢中驚叫了起來，嚇得一身冷汗。當他睜開眼睛的時候，發現自己正安逸地躺在辦公室的長沙發上，一邊的嘴角濕黏黏的還殘留著一抹口涎，想來已睡了相當久。他有點難為情地坐了起來，看看錶，已是中午十二點半。同時，他又發現，麥小姐居然還坐在辦公桌後看書，還沒有下班。

「麥小姐，你怎麼還不回家去？」他一面用手帕擦著嘴角，一面大聲的問。

「呀！康教授醒過來了？剛才您在睡，我怕有人進來打擾，所以不敢離開。現在，我要去吃飯了。康教授也要回家去了吧？」麥小姐用手托了托鼻樑上的近視眼鏡，把手中的書收進抽屜裡。

啊！失去女性的關懷已經有三十年了。過去，恃著自己年富身壯，一個人獨來獨往的，倒也沒有什麼不便。可是，如今已是個望六之人，假使一旦有了病痛，臥床不起，想喝一杯水恐怕都很困難啊！想不到，這位不苟言笑，面貌嚴肅的老小姐，倒也頗有人情味。

「麥小姐，你是不是要回家陪老太太一起吃中飯？」他問。他知道麥小姐是個出名的孝女，多年來都是與老母親相依為命。

「不，我家距離這裡太遠了，中午我一向就在這附近的小館子裡打游擊。」不知怎的，他覺得已入中年的麥小姐在說話的時候似乎還帶有少女的嬌羞。

「那——那麼，麥小姐，我——我請你吃——吃中飯好嗎？我下午有事，今天也不回家去。」他忽然變得口吃起來，而且還隨口撒了一次謊。

「那怎麼好意思？」麥小姐微微低著頭，眼鏡片後面閃耀著一絲喜悅的光芒。「還是讓我請客吧！」

「不要跟我爭。我年紀大，你應該讓我。」康教授站起來，用手指把頭髮梳攏了一下，又把領帶扯了扯，把上衣拉了拉。「麥小姐，我們走吧！」

窗外草叢中早已消失了黃蝴蝶的蹤影。青春的歡笑正活躍在校園裡，他們的年輕，使他感到忌妒和心疼。還好黃衣的女孩子不是他這家學校裡的學生，否則他真會把靈魂出賣給魔鬼的。他瞥了麥小姐一眼，深藍色的旗袍雖然並不悅目，但是卻表現出中年人的莊嚴和穩重。可不是，青春和黃衣早就不屬於他們這種年紀了。

漢斯與我

在吃晚飯的時候，我發現我們的客人漢斯・賀夫曼今夜特別緊張。他那雙漂亮的藍眼睛透過眼鏡片，一會兒望望爸爸，一會兒望望媽媽，一會兒又望著我，三番四次的微動著他那兩片薄薄的嘴唇，欲言又止。終於，在爸爸用公筷挾給他一大塊燻魚以後，他開了口。

「謝謝您，王伯伯。」他說得一口字正腔圓的京片子，如果我們沒有看到他，絕難相信這句話出自一個外國人之口。他咬了一口燻魚，又說：「啊！真好吃！我的意思是——王伯伯，王伯母，」他又望了爸爸媽媽一眼。「我——我想請盈盈陪我去看一場平劇好嗎？」

「丫！丫！」爸爸的胖臉立刻堆滿了笑意，並且硬著舌頭賣弄他的德語：「當然，當然，你可以帶盈盈出去玩。」

「漢斯，你直接約她就可以了，用不著問我們的。」媽媽也順口溜出了她流利的交際英語。

「謝謝你們！」漢斯臉上的笑意比爸爸胖臉上的還要濃。他仍然堅持著說國語。「我還以為約中國女孩子出去一定要先得到她爸爸媽媽的同意哩！」他轉過臉來問我：「盈盈，有人送了兩張平劇晚會的票子給我，明天晚上的。你願意陪我去嗎？」

我實在不喜歡看平劇，而且也看不懂，假如漢斯要請我去看華格納的歌劇（要是在臺灣看得到的話），我倒是樂意奉陪的。但是，我怎能拒絕一位異國友人初次的邀請，而且，他要我陪他看我們的國劇；而且，我又的確有點想跟他出去，他那雙藍眼睛是那麼漂亮。

「我——我，」我猶豫著，不知道怎樣回答才好。

「盈盈，答應他呀！你明天下午不是正好沒有課嗎？」媽媽用上海話跟我說，因為那是漢斯聽不懂的。

「盈盈，你不能失禮，他是我們的客人呀！」爸爸也這樣說。

我望著漢斯眼鏡後面的藍眼睛，點了點頭說：「好的，漢斯，我陪你去。」

漢斯一直緊張地望著我們三個的表情鬆弛了，他展露了一個愉快而文雅的笑容對我說：「謝謝你，盈盈，你給了我很大的光榮。」

漢斯這一笑，使我直甜到心坎。真想不到，這位過度拘謹的德國青年，居然開口約會我了。記得一個月以前，他剛到我們家裡來寄居的時候，他的拘禮與保守，也曾經給予我們這個洋化的新式家庭以不少的困擾。本來嘛！「中德文化協會」把這位研究漢學的、嚮往我國文化的德國留華學生介紹給我們就是錯誤的。他們的理由是因為爸爸是早年留德的學生，對德國人比較了解，讓漢斯住到我們家裡，可以使他不至有陌生之感。殊不知，這個想法錯誤了。

爸爸因為自己當年曾經說得一口流利的德語，回國後多年來一直無用武之地，未免覺得不甘心，一見到漢斯，就巴不得一口氣把自己所懂的德語全部都說出來。媽媽在少女時是上海滬江大學的學生，現在是臺北國際婦女會的會員，英語說得頂瓜瓜。我呢，英語雖然沒有媽媽說得流利，起碼也是個外文系二年級的學生。我跟媽媽兩個，在外國人面前，也總是禁不住要露幾句英語。可是，漢斯就是那麼怪，他不但從來不說一句德語，就是英語也不肯說，自始到終，就堅持著說我們的國語。他的國語說得比爸爸媽媽還要標準，這使得他們兩老往往感到很難為情。當爸爸媽媽為了避免出洋相而跟漢斯講德文或英文的時候，漢斯就會一臉嚴肅的說：「請跟我說國語好嗎？我是來學習的哩！」

這時，爸爸就會尷尬地操著他的藍青國語苦笑著說：「漢斯，你的中國話說得比我還標準，恐怕是該我向你學習啊！」

也許是我國的聖賢書讀得太多，而又食古不化之故，漢斯剛來時那股道學勁兒，真叫我們一家人吃驚。他從來不敢單獨和我相處。有時，本來是四個人一起坐在客廳裡的，爸爸媽媽一有事走開，他立刻就站起來，向我說一聲「對不起」，走回他自己的房間裡去。他在我們家裡吃第一頓飯的時候，一句話也沒有說，我們以為他是陌生和害羞。到了第二頓飯也是如此，爸爸就用德語問他：

「你為什麼不說話？是飯菜不合胃口嗎？」

「噢！不是的，王伯伯。孔子說過『食不言，寢不語』，我以為中國人在吃飯時都不能說話的哩！」漢斯不斷地眨著他那雙藍寶石似的眼睛，一本正經的用國語回答。

他這幾句話把媽媽和我都幾乎笑得噴飯。

爸爸忍著笑說：「漢斯，你忘了孔子的時代距離現在已經兩千多年了嗎？」

「可是我聽說中國人是一直恪遵著古訓的。」漢斯臉紅紅地解釋著。

「漢斯，你住在我們家裡，我們就有義務使你住得舒適和愉快。我們這一家人是最新式最文明不過的，希望你不要太拘禮，把這裡當作你自己的家看待。」爸爸走過去，微笑地拍了拍漢斯的肩膀。

這以後，漢斯稍稍沒那麼「迂腐」，不過，他仍然過度的多禮。每次，我們的下女阿菊拿東西給他，他一定要站起身來說謝謝。在屋子裡，不論天氣多熱，一定穿得整整齊齊，連拖鞋都不敢換上。剛來的那幾天，他都稱我為王小姐，為了禮尚往來，我也彆彆扭扭的稱他為賀先生（「賀」是他的中國姓）。後來，爸爸提議我們互相叫名字，他才敢叫我盈盈。

我們家裡一向吃的都是西式早餐。爸爸媽媽怕發胖，往往只喝一杯黑咖啡，吃兩片土司和一個雞蛋就了事。而我，則是一杯牛奶和一份三明治。漢斯剛來的第一天，媽媽怕他吃不飽，特地叫阿菊為他準備了一份豐盛的早餐：牛奶、雞蛋、火腿、牛油、麵包和水果。但是，漢斯對這些卻不感到興趣。他睜大他那雙藍寶石似的眼睛問媽媽：「怎麼？你們吃的早餐跟我們德國人完全一樣？我還以為中國人的早餐都是吃豆漿油條燒餅，或者稀飯配肉鬆和醬瓜哩！」他真是個中國通！什麼都懂。沒辦法，媽媽只好叫阿菊每天替漢斯去買豆漿或者另外給他燒稀飯。

看著他那副年少老成的「怪模樣」，我常常忍不住要發噱，很想跟他開開玩笑。可是，他永遠是那麼一本正經，那麼不苟言笑，又使我無機可乘。有時，我看著他那雙在黑框眼鏡後面的藍眼睛，看著他那張又像約翰蓋文又像米高凱恩的英俊面孔，看著他永遠穿得整整齊齊的碩長身材，真希望他能帶我出去跳舞、喝咖啡、看電影，或者坐汽車到郊外兜風。這麼漂亮的一個青年為什麼卻偏偏生就一副學究般的冬烘頭腦呢？我真想知道他在德國有沒有女朋友。是他天生不解風情，對女孩子不發生興趣，還是我不夠漂亮？

有時，我也會懷疑地望著鏡中的自己，以為媽媽和同學們騙我，她們都曾經不止一次的稱讚我美麗的。她們稱讚我的頭髮烏黑，我的皮膚細白，我的身段苗條，我的眼睛明亮，我的鼻子俏皮，我的嘴巴小巧，彷彿我是個十全十美的人似的。當然，我也曾經從很多男人的眼光裡證實了上面的讚美之辭。媽媽和同學們的話大概不會是假的吧？對了！在漢斯的眼光裡也曾經出現過那種表情的。在他第一眼看到我的時候，當我們面對面地吃飯的時候，憑著我天生的女性的敏感，我敢打賭，他的藍眼睛裡是有著愛慕的光芒的。

不記得從哪一本書上看到過，說是在愛情方面，女孩子有時也不妨採取攻勢，否則有時會錯過了機會的。漢斯可能是太害羞了，我得想點辦法才行。

前天晚飯後，漢斯一早就躲到房間裡去。十分鐘以後，我拿了一本英文課本，走到漢斯的房門口。

「我可以進來嗎？」我輕輕敲了敲門板，用十足美國腔的英語說。

「請進來！」回答我的卻是字正腔圓的京片子。

我聳聳肩，推開門進去。漢斯站在房間的中央迎接我，臉上露出慌亂的表情，因為這是我第一次到他的房間裡。

「盈盈，有什麼事嗎？」他緊張地問。

「我想請教你一個問題。」我舉起課本向他晃了一下。

「啊！其實，伯父伯母也可以教你呀！」他訥訥地說。

「是有關文法方面的，我爸爸媽媽離開學校太久，都忘記了。你不願意教我？」我有點不高興地說。

「哪裡？哪裡？請坐吧！讓我看看我懂不懂。」他似乎看出了我在生氣，連忙慌張的解釋著。他指著一張沙發要我坐，我卻坐到他的書桌前面去。

我四周打量著。他的書桌上擺著一幅照片，照片裡面是一對胖胖的中年男女，看樣子是他的父母，這證明他大概還沒有女朋友。桌面攤開一張信紙，剛寫了一兩行。我瞟了一眼，是德文的，我一個字也不懂。

「寫信給女朋友？」我故意這樣問。

「不是，那是寫給我爸爸媽媽的。」他一本正經地回答。「你的問題是什麼？把課本讓我看看好嗎？」

我打開課本，隨便問了他一個文法上的問題。我坐在椅子上，他站在我身邊，好像避免靠近我似的，距離有一兩尺遠。

他很耐心的為我講解，他的解釋顯然比學校裡的老教授高明得多，他一講，我就明白了。而且，他的英語也比老教授的湖南英語標準了不曉得多少倍。

「謝謝你，漢斯，你講得真好。我還有一個要求——」我仰起頭望著他。

「你教我德文好不好？」

上了二年級以後，我們都要選修一門第三國語文。我是個學文學的，同時又聽說法文是世界上最優美的言語，於是我毫不猶豫的選擇了鼻音特別重，聽來有點像鳥語，又有點像我國的福州話的法文。我看過好幾齣德國電影，覺得德國話聽起來很滑稽、硬繃繃的，聽見了便想發笑，所以從來沒想過要去學。要是我早曉得有一天會有這麼英俊的德國青年住到我們家裡來，我就會捨法文而就德文了。

「你要學德文？為什麼呢？」漢斯的雙眉一皺，似乎有點不高興。

「我喜歡德國嘛！我嚮往你們的音樂、文學和哲學，我崇拜貝多芬、布拉姆斯、華格納、歌德、海涅和尼采；正如你崇拜我們的孔子、孟子、莊子、李白、杜甫和蘇東坡一樣，要是我懂得你們的語文，那會幫助我對你們文化的了解。」我侃侃而言，自覺非常得體。

漢斯沒有立刻回答我，卻搬來一把椅子，坐在我的對面。他褐色的雙眉仍然皺著，藍眼睛蒙上了一層陰影。他舔了舔嘴唇，嚴肅地望著我說：「盈盈，我很抱歉，我不能答應你的請求。在沒有來到貴國以前，我就曾向自己發誓，除非我學成了，否則，我絕對不說一句德國話。這就是我為什麼除了上中國的大學外，還要住到中國人的家庭裡，跟中國人一同起居的原因，一切都為了學習呀！」他歇了幾秒鐘，然後又說：「盈盈，謝謝你這樣愛護我們德國。其實，中國有著五千多年的文化，這裡面不知蘊藏著多少寶藏等著我們發掘。我不明白，你們中國的青年人為什麼都那麼崇拜西方文明而摒棄了本國豐富的文化寶藏，這是很可惜的一回事呀！」

聽了他這番義正辭嚴的話，我慚愧得久久抬不起頭來。這位德國留華學生，真是狄仁華第二，猛然給了我當頭一棒，使我深深感到自己的盲目、幼稚與無知。的確，我連自己祖國的文化都認識得不深，還要醉心西方的文明，這不是太可笑的事了嗎？不過，我是個好強的人，不願意在別人面前認輸，尤其是不願在男性面前認輸，更何況他是個外國人？我怎會甘心承認自己被他的話打動了？又何況，我正要向他展開愛情攻勢？

於是，我站了起來，裝得若無其事的，微笑著對他說：「漢斯，我了解你，那沒有關係的。」

「盈盈你不生我的氣？」漢斯也站了起來，他的臉上充滿了惶恐之色。

我知道我的攻勢已經開始收效，就裝出了一個更加優雅的微笑說：「不會的，我是個講理的人。」

「盈盈，要是你有空的話，我倒希望你能夠跟我一起研究你們的國學，那會很有趣的。」漢斯不斷地舔著薄薄的嘴唇，藍眼睛裡射出了熱切期待的光芒。

「好的，等我有空時再說，我功課也緊得很啊！」我淡淡地應著，不等他再有說話的機會，就飄然的走出了他的房間。

經過客廳時，爸爸媽媽還在那裡看電視。媽媽問我：「你到漢斯房間裡去了？」

「嗯！我向他請教一題英文文法。」

「他躲在房間裡做什麼？為什麼不出來看電視？」

「他在寫信。」

「寫給誰？」

「寫給他的父母。」說完了這句話，我就上樓去。

「祖望，你看漢斯在德國有沒有女朋友？」在樓梯上，我聽見媽媽這樣問爸爸。

「嘿！嘿！這是他的私事，我怎好意思去打聽？」這是爸爸尷尬的聲音。

「你這個人真不中用！你不好意思，我來打聽。」在媽媽的一聲冷笑中，我暗笑著，加速腳步上了樓。

那是兩天以前的事，想不到，今天漢斯就約會我了。是碰巧他拿到了晚會的票子？還是他要向我贖罪？無論如何，我都要抓緊這個機會，這是一個很重要的開始呀！剛才他給我看票子時，好像說明天演的是「王寶釧」，我得趕緊臨時惡補一下才行。否則，他問起我來，身為中國人而完全不懂自己的國劇，豈不大大的丟臉？

我到書店去買了一本「平劇大全」回來，關在房間裡偷偷研究了一番，總算把薛平貴和王寶釧的故事搞清楚了。我第一次發覺：原來我國古代流傳下來的通俗小說也蠻有意思的，我們不能因為它是稗官野史、婦孺皆曉而忽略了它本身的文學價值啊！

第二天晚飯後，我挽起了我的長髮，還特地穿上我那一百零一件的淡紫色碎花的旗袍。平日我是不穿旗袍的，那會使我看來多老氣呀！這唯一的一件我是做著好玩的，想不到今夜卻派上了用場。漢斯喜歡我國的一切，那麼，我穿上旗袍陪他去看國劇，不是最合適不過嗎？

當我握著一個紫色小珠編成的小錢包嬝嬝娜娜地走下樓梯時，漢斯已在客廳裡等著我。他用無比溫柔的眼光注視著，那裡面包含著愛慕與讚美的表情。但是，他沒有說什麼，只是很禮貌地向爸爸媽媽彎了彎腰說：「王伯伯，王伯母，我帶盈盈去看平劇，看完了就回來，請你們兩位不必耽心。」

爸爸媽媽笑瞇瞇地望著我們：「漢斯，你們儘管去玩吧！盈盈這麼大了，我們不會不放心的。」

在計程車裡面，我發覺漢斯一直在偷偷的注視著我，但是我假裝不知道，不到一分鐘，我就聽見漢斯喃喃地用英語問我：「盈盈，我實在忍不住了，我可以稱讚你美麗嗎？」

我轉過頭來大膽地望著他，開心得要死，也用英語回答：「為什麼不呢？漢斯。你以為中國女孩子就不需要男人稱讚她美麗嗎？」

「盈盈，你今夜真美！我本來不準備跟你用英語交談的，但是，為了怕被司機聽到，只好破例了。」漢斯的藍眼睛閃亮著，繼續喃喃而語。

「謝謝你，漢斯。」我淺笑著回答。本來，我還想說「我真希望常常有這種機會」的，可是為了怕他說我崇洋，結果還是把話嚥了回去。

第一次看到舞臺上熱鬧的、喧嘩的而又多彩的場面，漢斯這個異國人和我這個土生土長的中國人都很感興趣。他不斷地問東問西，我也盡我所知的把今天剛從書本裡讀到的故事大略告訴他。可惜的是，舞臺上的人物，除了薛平貴與王寶釧之外，我就一個都認不出來；他們唱的什麼，我也聽不出。漢斯悄悄的問我以前是不是很少看平劇，我只好紅著臉告訴他，我和他一樣，第一次看到這新鮮的玩意兒。

「那麼，你以後願意常常陪我去欣賞你們的國劇嗎？」漢斯轉過頭來望著我，壓低了聲音：「而且我希望你都穿著旗袍。」

我羞澀地點點頭。

「也許我還不懂，不過，我覺得你們的平劇的藝術價值是不會在西洋歌劇之下的。我們的歌劇有男高音、女高音，男中音、女中音和男低音，平劇也有花旦、青衣、小生、老生和花臉；歌劇有管弦樂隊伴奏，平劇也有文武場；歌劇有佈景，而平劇有許多方面卻要靠抽象的動作。所以，比較起來，平劇似乎更要艱深難懂了。盈盈，謝謝你答應以後還要陪我去看，有了你這樣一個漂亮的女孩子作伴，我研究的興趣將會更高了。」漢斯喃喃地說著。他的手動了一下，似乎是想伸過來握我的手，但是，躊躇了一下，又縮回去。

散場以後，漢斯問我，他覺得有點餓，想帶我去宵夜，不知道爸爸媽媽會不會怪他？

「傻瓜，爸爸媽媽剛才不是叫我們放心去玩嗎？我又不是小孩子，他們才不管這麼多哪！」我笑著回答。真開心！他還要帶我去宵夜！

我想他一定要帶我到觀光飯店去，這樣就不會辜負我這身打扮了。誰知道，他並沒有叫計程車，卻領我走進附近一條小巷子裡。這時，他說話了：「盈盈，你吃過這裡的一家牛肉麵沒有？我的一個同學帶我來吃過一次，太好了，所以我也要帶你來嚐嚐。」

賣牛肉麵的老闆看見有洋人來光顧，忙不迭地歡迎。這是戲院二場散場的時間，店裡食客不少。這些人看見一個外國人帶著個穿旗袍的少女，都紛紛投給我們以好奇和猥褻的眼光，使得我恨不得鑽到地洞裡去。我的天！我不應該穿旗袍，更不應跟他到這種地方來，人們還以為我是個舞女或者吧孃哪！

賣麵老闆正在張羅我們的座位，我扯了扯漢斯的袖子，低聲說：「漢斯，我頭痛，你送我回去吧！」

「真的嗎？吃完再回去都不可以？」他低頭看著我，愕然的問。

我沒有回答，急步走出了小店。他緊緊跟在後面，不斷的問：「怎會突然頭痛的呢？怎會突然頭痛的呢？」

我不理他，走到巷口，截住一部計程車，就鑽進去。他也跟著鑽進來，才坐下，就不顧一切的用力握著我一隻手說：「盈盈，你生氣了是不是？」

握在他那溫暖的大手裡，好舒服！我的氣早已消了一半，但我仍然嘟著嘴，假裝生氣。

「嗯！盈盈，別這樣好不好？你不知道，你這樣不高興，我多麼心疼啊！」

真希望能夠永遠保有這溫柔的一刻！我閉著眼睛，深深吸了一口氣，然後再張開眼，用英語對他說：「你帶我到那些巷子裡的小吃店去，害得我被每一個人瞪住，人家還以為我是個舞女或吧孃哩！」

「噢！有這種事？我怎麼一點也沒有想到？下次，有誰那樣瞪著你，你告訴我，我來揍他。」

「你這個大太保，動不動就要揍人。你忘了我們是禮義之邦，不作興這樣嗎？」他的話使我噗哧地笑了起來。

「對了，這樣才對！你應該常常笑的，你笑起來更美，知道不知道？」他撫摸著我被他握著的一隻手，凝視著我。

就這樣，我們彼此注視著，我的手讓他握著，默默無語。車子在靜靜的夜街中疾馳著，駛向家門。

在我家的大門口，他低頭凝視了我片刻，忽然輕輕嘆了一口氣。我問他什麼事不開心。他悵惘地說：「此刻我希望你是個西方的女孩子。」

「為什麼呢？」我駭然地問。

「因為——因為，假如你是個西方女孩子，我就可以吻你了。」他訥訥地說，仍然凝視著我。在門燈的照耀下，我看出他的臉是通紅的。

我低下了頭。我怎樣回答他呢？我能告訴他現在已經不是男女授受不親的時代嗎？啊！漢斯，你這個大傻瓜，什麼時候才能夠除掉滿腦子的冬烘思想？

然而，無論如何，經過這次同遊，在家裡的漢斯，對我不再那麼道學了。在爸爸媽媽面前，他已敢坦然的跟我談笑。他講他童年的趣事、他家裡的情形、他初學中文時的笑話，以及他家鄉的景色。他的口才很好，講得非常生動，連爸爸媽媽都對他的談話著迷了。

有一次，當他講到他在德國上大學的生活時，媽媽乘機就問：「漢斯，你在德國有女朋友了吧？」

「沒有呀！」漢斯回答說，他的藍眼睛迅速地掠了我一下。

「真是難以使人相信，這麼英俊的青年人會沒有女朋友。」媽媽的雙眼笑成了兩道細縫，圓臉煥發著光輝。

「伯母，我沒有騙您。過去，我只知埋頭讀書，忙得連交女朋友的時間都沒有。」

「漢斯，你今年幾歲了？」媽媽又問。

「二十五。」

「那可要加油哪！漢斯。」媽媽意味深長地說。

在爸爸媽媽的鬨笑聲中，漢斯的臉直紅到耳根。我把眼光投射到窗外去，假裝沒有聽見，也沒有看見。

漢斯真的是在加油嗎？他開始頻頻約會我了。他帶我去看平劇、看國語片、吃館子、郊遊。為了他，我做了好幾件旗袍，他為了要看我穿旗袍，也從此不敢帶我到小攤子或者小吃館去。但是，我卻常常穿著樸素的衣裙，夾著課本，帶他到圓環或者龍山寺去吃本省點心，吃得他直叫好。

和漢斯相處了這麼些日子，我發覺自己不那麼崇洋了。我跟他說話不再使用任何一個英文單字，甚至有時還教他說一兩句連我自己也說得不準確的閩南話、上海話或者廣東話。對於那一向被我目為落伍的藝術——平劇，漸漸發生了興趣。國語片的成就雖然遠不及西片，演員們的表演也的確太生硬太不夠生活化；但是，我都勉強去接受，因為我知道中國人臉上的表情本來就平板，是沒辦法跟西方人相比的。

有時，我也會跟他一起唸唸唐詩和宋詞。那些詩詞都是我在高中和大一讀過的，現在跟漢斯一起再讀，使我更加了解我們中國文字之美。

有一天，漢斯問我，願意不願意陪他去參加一個完全是德國人的宴會。他說：「盈盈，我知道你一向過的是西方的生活方式。這些日子，為了我，你不得不去過舊式的中國生活，我很感激，也很抱歉。明天晚上，我們幾個德國朋友有一個聚餐，我希望你陪我去。一方面使你有機會去了解德國人，一方面也好使我有機會向友人炫耀我這個美麗的女朋友。」

表面上，我為他後面那句「不遜」的話而白了他一眼；心中卻是沾沾自喜：他終於承認我是他的女朋友了。可是，我又想到了一個問題。我說：「不行呀！漢斯，我一句德國話都不會說，見了你的朋友們豈不變成啞巴了嗎？」

「傻丫頭，他們都會說英語的。而且，有我這個中國通在旁邊，你怕什麼？」他笑瞇瞇地拍了拍我的肩膀。「嗯！好好去準備吧！好讓我的朋友大大地忌妒一番。」

在那個宴會中，我是唯一的中國人，也是唯一的女孩子。因為，漢斯的那些朋友，不是孤家寡人一個就是帶著個臃腫不堪的胖太太。我穿著一件最考究的旗袍，梳著東方式的髮型，自覺相當美麗，也十分中國化。不用說漢斯的眼光自始至終沒有離開過我；就是在座的先生太太們也一直像眾星捧月般簇擁著我，讚美之聲不絕。漢斯高興得合不攏嘴，臉上也遮掩不了得意之色。

他們德國人的宴會吃得很簡單，但卻談得很多。每個人都很和善、風趣而有禮貌；我第一次和這麼許多陌生的異國人相處，竟絲毫沒有不安之感。

宴會完畢，漢斯帶著我首先向大家告辭。本來，在宴會上大家一直都使用英語交談的；現在，那些德國人忽然圍著我們，七嘴八舌，又叫又笑地說起德語來。一聽見那些硬繃繃的、音調滑稽的德國話，我忍不住掩著嘴巴暗笑，其中一個人說：「王小姐，我們說幾句家鄉話不要緊吧！等一下漢斯會翻譯給你聽的。」

上了計程車，我忙不迭就問：「漢斯，你們壞死了，剛才用德國話講什麼？為什麼不讓我聽？」

「他們稱讚你美麗、溫柔、聰明而又可愛，他們都說我幸運。還問我們什麼時候——」漢斯把嘴巴湊在我的耳朵旁邊，輕輕地說。

「什麼時候什麼？」我的一顆心已跳到了喉嚨上，卻假裝不懂。

「不說了，說出來你會罵我的。」他握住了我的兩隻手，輕輕的撫摸著、搓揉著。

我瞪了他一眼，便低下了頭，不敢再說話。我還能問下去嗎？再問下去豈不是太十三點了？

車子到了巷口，漢斯就叫司機停下來。巷子裡很黑暗，他先是拉著我的手慢慢地走著，然後，就攬著我的腰。走到一面圍牆下時，忽地，他停下腳步，猛然的把我摟進懷裡，一面喃喃地說：「我要德國化了。」才說完，就俯下身來，把我吻得透不過氣。

很久很久，他放開了我，雙手捧起我的臉，說：「現在，我必須教你一句德國話了。聽著：伊許——利伯——迪許。」

「伊許——利伯——迪許。」我生硬地跟著他唸。「這是什麼意思？」

「愛——拉芙——油。」他用英語回答，聲音是顫抖的，溫柔無比。

「啊！漢斯！」我把頭埋在他寬闊的胸前，快樂得流出了眼淚。

無塵的鏡子

倚在松山機場二樓迎送臺的欄干上，倩心不止一次地問她身旁的丈夫：「維翰，你想我們真的還會認得表姊嗎？分開足足十八年了，連照片都沒有看見過。要是我們認不出她，而她也不認得我們，那不是糟糕了嗎？」

「糟糕？是你自己提議來接飛機的，而且還累得我要請半天事假。虧你好意思說出來。」維翰歪著一邊嘴角，對妻子作了一個嘲弄的微笑。

「你這個人，什麼時候變得這麼現實的，也不想想我和表姊當年的那段交情，你還不是跟她挺談得來的？十八年來，我跟她失去聯絡，你知道我對她有多惦念！好不容易奇蹟似地在報上發現了她的名字，人家老遠從新加坡回國觀光，我們怎可以不來接呢？」倩心絮絮叨叨地說，一面眼巴巴地望著天空，彷彿已經看到了她的表姊坐在飛機上。

「假使報上登的那個名字只是跟你表姊同名同姓呢？」維翰嘴角又是微微的一歪。

「那我們就回去。不過，我想不會的，因為丁思湄這個名字並不算很普遍很通俗。」

「我也很希望如此。」維翰聳聳肩，從口袋裡摸出一根香煙，用打火機點著，就皺眉瞇眼的，自顧自猛吸起來。

「維翰，你想那個丁思湄真的會不會是表姊呢？她本來在上海，怎會忽然間跑到新加坡去的？」倩心忽然間又不放心起來。

「瞧你，就像個小孩子似的，一天到晚自說自話；一會兒說不會這樣巧合，一會兒又把自己的理由推翻。你呀！到底什麼時候才成熟才長大？」維翰斜眼瞥了瞥自己的妻子，一個四十一歲的中年婦人，長得又乾又瘦的，看起來比實際的年齡還要蒼老；但是思想卻永遠是那麼幼稚，不禁暗暗吃驚：這就是二十年前那個嬌小的、溫柔的、愛笑的女孩子？

思湄不知也變成什麼樣子了？據說高的人容易老，像倩心這個矮個子也變得這麼蒼老，那麼，當年又瘦又高的思湄一定已經變成老太婆了。想到這裡，維翰不自覺地又歪歪嘴。總算自己的選擇沒有錯，倩心雖然瘦，雖然憔悴，但是也還保留著少女時那顆天真的心；當年那個懂事的，老練的思湄，恐怕早已變得十分世故了。

「維翰，你看，飛機來了！」倩心扯了扯丈夫的袖子，開心地叫了起來。

一架巨型的噴射客機正緩緩地從跑道那頭馳過來，機場上的工作人員立刻敏捷地將扶梯推過去。

機門啟處，搭客一個個魚貫下來。首先是一個戴著太陽眼鏡的紳士，然後是一個大胖子，一個外國女人、一對老夫婦、一個小夥子……人很多，各式各樣的人都有，就是沒有他們的表姊丁思湄。

「怎麼樣？還不死心？回去吧！」維翰側過臉去望著自己的妻子。

「不，我現在不要回去。離得這麼遠，也許我們沒看清楚；等一下，我還要到出口那個地方去等，在那裡就可以看得很清楚了。」倩心倔強地昂起頭說。由於她眼睛裡堅定的神情，使得她又很像當年那個好出主意的小女孩。維翰的心一動，他溫存地摟住她的肩膀，微笑著說：「好吧！捨命陪君子，反正我這半天已經豁出去了。」他記得，以前他們三個人——他、倩心和思湄——一起玩的時候，什麼事情都是由年齡最小的倩心來決定。她的主意最多，一會兒提議去看電影，一會兒去聽音樂，一會兒去溜冰，一會兒又要去喝咖啡，而他們也都聽她的。也就是由於她的主意多，這些年來，她為他主持中饋，倒也頭頭是道，中規中矩，並沒有因為她的思想「幼稚」而使這個家有所減色。

夫妻倆雜在一群來接飛機的人裡頭，耐心地等候著。他們的目光在每一個從檢查室走出來的中年女性的臉上搜索著，但是，每一個中年女性都令他們失望，因為她們都不是丁思湄。

突然，一個戴著墨鏡、打扮得很高貴很時髦、身材高高的女人，提著個小巧的旅行包走了出來。倩心緊張地扯了扯維翰的手說：「維翰，我猜這就是了。你看她嘴角那顆黑痣，我認得她，我不會犯錯的。」

維翰正在打量著那個女人，倩心已不由分說地奔過去，對那個女人說：「請問，這位是丁思湄小姐嗎？」

「是呀！我就是。你是……」那個女人愕然地站住，低頭望著矮小的倩心。

「我是倩心呀！表姊，你怎麼不認得我了？」倩心驚喜地叫著，聲音簡直像哭一樣。

「倩心，真是你呀？我不是在做夢吧？」思湄摘下太陽眼鏡，露出了一雙秋水盈盈的大眼，眨呀眨的望著倩心好一會兒；然後伸手緊緊握著倩心的，接著擁抱在一起。思湄眼中的秋水便都溢了出來，變成淚水。

哭了好一陣子，兩人才分開對視著。思湄打開皮包，取出一塊香噴噴的手帕輕輕地拭著把臉孔濡濕了的眼淚；倩心卻一任滿臉淚痕縱橫。

這時，一直站在旁邊迷惑地望著表姊妹兩人在「表演」的維翰也走過來了。他微笑著，向思湄伸出手說：「思湄，歡迎你到臺灣來！」

「呀！維翰，我真高興又看到你。你一點也沒有變，還是老樣子。」思湄伸出她那塗著銀色蔻丹，十指像玉葱似的纖手，跟維翰相握；嘴角那顆美人痣也彷彿感染了她眼裡的笑意，在微微跳動。

望著眼前這個亭亭玉立、風華絕代的貴婦人，維翰很想說：「你還不是？而且比以前更加美麗更加成熟了！」但是，不知怎的，他不敢這樣說；也許是十八年的暌違使他們之間陌生了，也許是他認為以現在的年齡和現在的身份已不方便如此說法。於是，他改用淡淡的口吻回答說：「哪裡？老嘍！」

久別重逢的表姊妹倆，站在機場的大廳上就滔滔不絕地敘起離情來。維翰被冷落的站在一旁，把她們兩個的外形在客觀上對比一下，不禁大吃一驚。四十一歲的倩心，矮小、枯瘦，臉色黃裡帶青；即使不笑，眼角那幾道魚尾紋也可以清清楚楚地看得出來。她又不喜歡打扮，一頭枯黃稀疏的頭髮起碼半年沒有經過電燙，直直地拖在脖子後面；瘦臉上脂粉不施，身上的旗袍也是七八年前那種高領高衩的老式樣子。她給予人的印象，就是一個刻苦耐勞、樸實無華的家庭主婦。若說她還有什麼動人的地方，那就是那張菱形的小嘴以及一口整齊雪白的牙齒，還是跟二十年前一樣；然而啊！那雙曾經使他著迷的靈活圓眼，卻早已變得遲滯而且黯淡無光了。

而思湄的變化又更使他感到驚奇。怎想得到：當年瘦得像竹竿似的她，如今卻變得這麼豐滿，該凸的地方凸，該凹的地方凹，一點也沒有一般中年婦人的臃腫。當然，她的眼睛本來就是很漂亮的；但是，為什麼倩心的雙眸變黯淡了，而她卻是光彩如昔呢？對了，她臉上好像沒有什麼皺紋，皮膚又這麼白，她結了婚沒有？應該已經結婚了吧？她看來並不像個老處女。看她的髮型，梳得那麼高貴大方！看她的衣著，打扮得多麼高雅動人！四十三歲的她，看來就像三十四歲，而四十一歲的倩心，看來卻幾乎有五十一。我的天！這是個多麼可悲的現象！為什麼變老的是倩心而不是她？

維翰站在一旁，額上不自覺地沁著涔涔的冷汗，同時也感到有點暈眩。他幾乎有這樣的想法：當年，我為什麼要選擇倩心呢？但是他立刻就咬緊嘴唇皮，把這個念頭逼回去。不！我不能夠這樣想！我不能對不起倩心，即使僅僅這樣想，也對不起她！

「維翰，看你這副呆相！也不過來跟表姊聊聊？分別了這麼多年，難道你真的沒有話跟她講？」是倩心在叫喚著他。

維翰訕訕地走上前，也不知道說什麼好；倒是思湄替他解了圍：「真是謝謝你們兩位來接我。現在，請到我的旅館去坐坐好嗎？」

「啊！表姊，你不住到我們家裡去？」倩心不假思索的就這樣叫了起來。她完全沒有考慮到自己的家那麼狹小，孩子又多，怎樣招待這位遠來的貴賓呢？

「倩心，謝謝你！我是和幾位朋友一道來的，我們已經事先訂好了旅館。以後有空，我再去你們那邊吧！」思湄說著，就把倩心和維翰介紹給同來的朋友。他們之中，有男有女，都是些看來很體面的人士。當他們聽見思湄說倩心是她的表妹時，似乎都露出了詫異的表情。

維翰夫妻陪著思湄到了旅館。當他們走進那家一流的觀光飯店，當他們發現思湄一個人租用一間套房時，兩個人都不禁暗暗為她生活的豪華而咋舌。倩心悄悄告訴維翰：思湄早就結婚了，丈夫是個企業家；他們有兩個孩子，大的男孩已經在唸高中。

——哦？我的猜想沒有錯！而且，她一定是在跟我們分手後沒有多久就結婚了！不知怎的，維翰的心裡竟有著微微的不快以及酸溜溜的滋味；但是，他很快就把這些感覺嚥下去，等思湄從裡間換了衣服出來，立刻就堆了一臉禮貌的微笑對她說：「思湄，剛才倩心告訴我，你已經結了婚；我現在才向你恭喜，不會太遲吧？」

換了一件淺黃色洋裝的思湄，顯得更年輕了。她盈盈地笑著說：「喲！維翰，你為什麼變得這麼陌生，老是向我說些客氣話呢？我們是在一九……」她托著腮在想。「五〇年在新加坡結婚的，在你們走了一年之後。我拿照片給你們看。」

說著，思湄打開皮包，取出一張四吋的照片來。那是一張全家福的照片：和思湄並坐在一起的是個面團團的中年紳士，站在他們身後的是一對長得極其俊美的金童玉女，使人一看就知道這是個幸福的家庭。

「這是玉泉，」思湄指著影中的丈夫說。「這是瑋瑋，這是琪琪。你們看，誰比較像我？」

「呀！多可愛的一雙佳兒女！長得漂亮極了！他們都很像你，表姊，你真福氣啊！」倩心挨在思湄的身邊，一面看著照片，一面衷心地讚美。

「你們的孩子不是比瑋瑋還要大嗎？我記得：我們分手時他已經快有半歲了，是不是？」思湄把手搭在倩心的肩膀上。

「是呀！小翰今年十九，已經上大學了。」倩心說著臉上不自禁流露出得意之色。

「是嗎？那你們比我更有福氣，都快可以當老太爺老太太了！」思湄嘆了一口氣又說下去：「真是的！一晃眼就十八年過去了，我們都老嘍！」

「表姊，你老什麼，你簡直是愈來愈年輕漂亮了，我才像個老太婆。」倩心幽幽地，這才有機會說出她對久別的表姊觀感。

「哪裡的話？只不過因為我的臉上抹了很多白粉，而你卻完全沒有打扮罷了！倩心，我說呀！一個女人完全不打扮怎麼行呢？尤其像我們這種歲數的女人，不打扮是會在外表上吃虧的呀！」思湄望了望一直沉默著的維翰一眼，又說：「維翰，你應該陪倩心去買幾件衣料和一些化粧品嘛！這是做丈夫的責任呀！」

「可是，倩心一直就是這個樣子，喜歡保留原來面目，你不是不知道。」維翰淡淡地說。他的心裡正糅雜著很複雜的感情：既嫉妒思湄的明豔如昔，又為自己妻子的早衰感到煩惱。

「唉！你們真是頑固！歲月不饒人，今非昔比呀！現在怎能跟當年相提並論？」思湄大不以為然的說。忽地，她拍拍前額，叫了起來：「對了，我有點小東西送給你。」

思湄匆匆跑進裡間去，一會兒，就雙手捧著一堆花花綠綠的東西出來。她把那堆花花綠綠的東西一股腦兒都放在桌子上說：「我這次來臺灣，沒想到會碰到你們，所以沒有為你們準備禮物。倩心，這樣吧！我這些東西送給你，維翰和孩子們的我另日再補好了。」

桌子上擺著的是粉盒、口紅、香水、紗巾、手帕和絲襪。倩心連忙搖著手說：「不，表姊你用不著送我們東西。這些東西你自己留著用吧！」

「不行！倩心，我偏要你收下。我要把你從頭到腳徹底改造一番，把你打扮得漂漂亮亮的，也好叫維翰開心。你知道，我在這裡有八九天的停留哩！我有足夠的時間！」經過了半個鐘頭的相處，表姊妹倆又稔熟得像當年一樣了。思湄任性地瞪著眼、撇著嘴、扭著身子，裝出一副非要倩心依她不可的表情。

維翰冷眼旁觀，彷彿又看到十八年前她們表姊妹倆嘔氣拌嘴的情景。只是，為什麼倩心已是人老珠黃，而思湄卻是豐姿如昨？

那個晚上，倩心說要請表姊吃飯，為她接風；但是，思湄說她和同行的友人有了預定的節目，不好意思單獨行動。

「那麼，明天晚上吧！我叫維翰來接你。」倩心說。

表姊妹倆就這樣決定了，倩心捧著那一包對她沒有什麼用處卻是蘊含著表姊的好意的東西，跟著維翰回家去。

「為什麼思湄的丈夫沒有一道來呢？」在路上，維翰這樣問妻子。這是他看到了思湄之後，一直梗在心裡面不好意思提出的疑問。

「人家是個大企業家，忙得很哪！哪有時間陪太太各處玩呢？」倩心很輕鬆地回答。

「他們怎樣認識的？」維翰又問。他記得，他們分手時思湄還沒有要好的男朋友，怎麼一下子就結婚了呢？

「這嗎？我還沒有問她。十幾二十年前的老故事了，還提它做什麼？」倩心依然回答得很輕鬆。

「我也只是隨便說說罷了。」維翰也就淡淡地把話題支開。

第二天，在去接思湄的路上，不知怎的，維翰竟有幾分緊張，他想起了當年跟倩心第一次約會的情景。

他和倩心同住在一條弄堂裡。那時，他在一家輪船公司當秘書，倩心是一個幼稚園的教師；每天，他們出門上班的時候都會碰到，漸漸的，他們就很自然的由互相點頭招呼，然後說「早！」「上班啦？」而交談結識了。

這女孩子多可愛呀！圓圓的眼睛，小小的嘴巴，小小的臉蛋，纖小的身段，看來就像個洋娃娃似的；而最動人的，還是那經常掛在臉上的甜甜的笑容。我已經有點喜歡她了！維翰心裡這樣想。那時，他大學畢業了才一年多，在學校裡雖然也交過一兩次女朋友，但那只是普通的交情，還不到戀愛階段；不知怎的，自從看見了倩心，他就覺得她比任何一個女孩子都更適合他。

那天，他買好了兩張音樂會的票子；在路上碰到她的時候，他壯著膽子問：

「王小姐，你今天晚上有空嗎？」

「有什麼事嗎？」她圓圓的眼睛的溜溜地一轉。

「朋友送了我兩張音樂會的票，你願意跟我一起去欣賞嗎？」他一向不會撒謊，但因為是第一次約會小姐，只好硬著頭皮說了一次假話。

「我……我……」倩心的臉脹得通紅，心在狂跳，訥訥說不出話來。她是不會拒絕的，尤其是在一個她私心企慕的青年面前。

晚上，他上她家去接她。雖然只有短短的幾步路程，雖然那幢屋子他天天都經過；但是，他竟緊張得像要去參加什麼隆重的盛會，心微微在跳動，汗微微在沁……就像現在一樣。

他發覺自己居然有點怕跟思湄在一起。在她面前，他說不出話，他感到窒息；十八年的遠別已使得他和她之間橫亙著一道鴻溝，使他們變成了陌生人。然而在當年，他和思湄稔熟的程度，並不下於倩心；所不同者，只是他後來選了倩心做妻子而已。

在那間豪華的套間裡，思湄用親熱而坦然的態度接待著維翰。她遞給他一杯冰開水，請他等她幾分鐘，然後就走進裡間去換衣服。

維翰記得：他在認識倩心一個星期之後就認識思湄了，那是在倩心家裡遇到的。那時，思湄剛唸完了兩年大學，因為對讀書沒什麼興趣，所以就歇了下來，只是一個星期到天主堂去跟修女讀兩個鐘頭的英文，所以挺清閑的。大概因為無聊的關係，她常常到倩心家裡玩，由於跟維翰還談得攏，所以，三個人也常常玩在一起。

那個時候的倩心，溫柔、隨和、活潑而甜美；而思湄呢，比較起來，卻有點高傲和冷漠，正如她那高而瘦的外形一樣，使人不敢親近。不過，她到底是個受過教會大學教育的人，在風度上和氣質上都顯得與只唸過高中的倩心有所不同。譬如在打扮方面，倩心從來不懂得選擇和自己臉型及體型相襯的髮型和衣飾；而思湄，早就知道怎樣自己做頭髮和衣服怎樣配色了。

哦！維翰現在恍然大悟了。這就是倩心何以會早衰，而思湄卻能青春永駐的原因。不修邊幅以及家務和孩子長年的拖累，使得那個嬌小甜美的少女變成了滿臉皺紋的小老太婆；而思湄的善於修飾以及身體和心智的趨於成熟，卻使得她的美麗與年俱增。

思湄從裡間走出來。維翰以為她一定不知會打扮得多漂亮；想不到，今天的她卻與昨天完全不同。一件純藍色的旗袍，一雙黑色平底鞋；臉上什麼化粧也沒有，只抹了淡淡的口紅。這使得她看來沒有昨天年輕，但是卻另有一種動人的風韻：大方而嫻雅。

「走吧！維翰。」她挽著皮包站在他面前。

他們坐電梯到了樓下，走出旅館的大門，維翰招手要叫計程車，思湄說：「我們等一下再坐車，你陪我先去買點東西。」

「還要買東西？倩心在等著我們呀！」維翰說。

「沒有關係嘛！一下就好了。」她說。

她要買食物和水果，於是，維翰帶她到附近一家高級的伙食店去。思湄一口氣買了許多食物：蘋果、葡萄、巧格力、餅乾、罐頭……一大堆。為了去接思湄，維翰今天穿得很體面，而思湄本來就是貴婦風範；店員看他們買了這麼多的東西，而且又不計較價錢，知道是貴客，態度慇懃得不得了，「先生」、「太太」的叫個不停。這使得維翰渾身不自在，但是思湄卻是若無其事的，一直微笑著，等到東西完全包紮好，就一股腦兒的交給維翰，彷彿他真是她的丈夫似的。

在店員的恭送下，他們出了店門。思湄說：「現在叫車吧！倩心一定急壞了。」

在計程車裡，她第一句話是：「維翰，這些年來，你和倩心過得還快樂嗎？」

維翰一驚，表面上卻力持鎮靜。他嘴角一歪，說：「當然，倩心是個好妻子。」

思湄斜睨了他一眼：「剛才店員的話使你不安是不是？其實，當年你只要一開口，局勢就可以逆轉過來，你和我……」

「思湄，你……」維翰止住了她。

「哈！你還難為情？我們老都老了，講講有什麼關係？」思湄豪邁地笑著，還拍了拍維翰的手背。

「那麼，你和表姊夫呢？」維翰的臉一紅，訥訥地問。

「我們也很快樂嘛！反正老夫老妻，一切也無所謂了。」

「你們是在新加坡結婚的？」維翰問。

「嗯！也快有十八年了，真快！你奇怪我怎會嫁給一個商人是不是？」她又斜睨著他。「其實，簡單得很！你們走了以後，我考取了一家貿易公司的秘書，工作了不到一個月，上海危急了，老闆把我帶到新加坡的總公司去；我為了感恩，所以嫁給了他。這就是我的全部故事，你會罵我為了錢而嫁嗎？」

維翰的眼睛一直望著車廂外向後飛逝的景物，唔唔呀呀地應了一聲「不」，他的心眼彷彿又看見了已經飛逝的十八九年前的一段時光。

那時，維翰和倩心來往了還不到半年，兩個人都還沒有明白表示心意。雖則他們都沒有其他密切的異性朋友，可是中間夾了一個思湄，那使得他們的關係不像情侶，反而像個三人小組了。難得的是，倩心從來不嫌棄思湄，她不覺得她是他們的電燈泡，更不擔心她會橫刀奪愛。

有一天，本來說好了三個人要一起去看電影的，維翰去接倩心時，發覺她愁眉苦臉地躺在床上；原來她吃壞了肚子，鬧起瀉疾來了。維翰要留在那裡陪她，她卻非要他到戲院去不可，因為他們不能讓思湄在那邊空等。

為了避嫌，維翰一直都是避免跟思湄單獨相處的；但是，他愈不肯去，倩心愈逼他。沒奈何，只好獨自到電影院去會思湄。思湄在戲院的門口已等得非常焦急了，她看到維翰單獨前來，先是疑惑，繼而暗喜；她很愛護自己的表妹，不過，她也禁不住偷偷喜歡著高大瀟洒的維翰。

在影院裡，她的一顆心興奮而緊張得有如小鹿亂撞；可是，坐在她身旁的維翰卻一直沉默著，一言不發。

一散場，維翰就提議回去。思湄用無限幽怨的眼色睇視著他說：「當然，我也急著去看倩心；不過，我口渴得很，你就不能陪我去喝一杯冷飲嗎？」

拒絕一個女孩子的請求是不禮貌的，維翰只好陪她走進一間冰室。他們各自點了一客冷飲，默默地啜飲著。兩人之間的空氣很凝重，低著頭的維翰，仍會直覺出思湄的一雙大眼睛正在含情脈脈地望著自己，這就使得他更加不安而抬不起頭來。

「維翰，」思湄幽幽地喚著他。「你和倩心之間到底怎樣了？」

「我……我不明白你的意思？」他訥訥地問。

「我的意思是，你們兩個是不是已經 Going steady 了？」思湄仍然痴痴地望著他。

「我想是的，她是個很可愛的女孩子。」維翰硬著心腸說，他知道這會使思湄不好受的。「那麼，那麼，」思湄用力地眨著眼睛，用力地咬著嘴唇；那顆唇邊的黑痣活鮮鮮地在他眼前顯現著，使他至今不能忘。「我恭喜你們了！」她倏地站了起來。「我不去看倩心了，你告訴她我還有別的事，明天再去看她吧！」

她甩動著一頭長髮，立刻咚咚地走下樓去，頭也不回。她就是這樣一個乾脆的人，就像今天她告訴他：「……當年你只要一開口，局勢就可以逆轉過來……」，乾淨利落，完全沒有拖泥帶水。

第二天，她如約去看倩心，就好像什麼也不曾發生過一樣，跟倩心親熱如舊；看見了他，也沒有半點不安和靦覥。這件事，倩心自始至終完全不知道，直至他們婚後，思湄還跟他們如常往來。

計程車戛然停止，陷在沉思中的維翰這才醒覺過來。他告訴思湄，他的家到了。付了車錢，提著大包小包下了車，倩心和三個孩子早已擁到門外相迎。

由於貴賓的來臨，維翰家中這個簡陋的客廳頓時光彩熱鬧萬分。小孩子叫「阿姨」，大人在寒暄，貴賓在分食物；久別的離情、乍見的歡悅，譜成了人間最溫馨的樂曲。

那頓晚飯，吃得非常愉快。表姊妹倆滔滔不絕地講著童年和少女時期的趣事，兩個人幾乎是搶著說的。只有維翰依然十分沉默，難得開口。他想起了二十年前在上海的冷飲店中的一幕，還有剛才思湄在車上跟他說的那句話，愈想愈覺不安。十八年來寧靜的心境，因為思湄的出現而破壞淨盡。

那個晚上，思湄離去以後，倩心就責怪維翰了：「你這個人怎麼搞的，表姊遠路回國，我們又是十八年沒有見過面，你怎麼可以對她這樣冷淡？一頓飯說不出兩三句，好像不歡迎她似的。她明天就要南下觀光，要一個星期以後才回來，回來後又要馬上回新加坡去，我們還有多少見面機會呢？唉！你這個人太糟糕了！人家來吃這頓飯，還買了一大堆禮物來哪！而你居然這樣冷淡。」倩心嘮嘮叨叨地說個不停，一副委屈的樣子。

「我看你們表姊妹那樣親熱，少說兩句，讓你們多點機會講話不好嗎？」維翰不想多所辯白，只是歪著嘴一笑。

「你才沒有這樣好心哩！我看呀！你這個人是變了，變得冷漠無情、六親不認。」倩心哼了一聲，憔悴的臉上帶著天真的表情，使得維翰不禁為她對表姊的友愛而感動。

多麼純真無邪的一個女性！歲月在她的臉上刻劃出一道道的皺紋，她的內心卻仍然明淨得一如未曾沾上半點塵埃的鏡子。她還是十八年前的她，而我和思湄之間竟然有著秘密。雖然那只是一個意念、一句說話；但是，那怎麼對得她起呢？

維翰內疚了，他擁著妻子的肩膀，溫柔地說：「剛才算我失禮好麼？等你表姊回來，我對她慇懃一點就是。你表姊去觀光，我們這個星期日也去郊野好不好？只有我們兩個，不帶孩子，省得礙手礙腳。」

倩心聽見丈夫說要出去玩，黯淡的眼睛不覺一亮，但是，她又有所顧慮的說：「出去玩，要花錢的呀！而且誰給孩子們燒飯呢？」

「你真是婆婆媽媽透頂了，要玩就玩，何必顧慮那麼多？孩子大了，你就少操一點心吧！」

這是維翰的真心話。十八年來，倩心的的確確是個好妻子，在他們那個小家庭裡，她完全做到犧牲小我，完成大我的地步，一切都以丈夫和孩子為前提。每頓，她吃他們剩的；每晚她睡得最遲；在衣著上，她從來捨不得為自己花一分錢；在家務上，她包辦了全部工作，任勞任怨。

啊！這就是她為什麼衰老得這麼快的緣故了。她睡眠不足，她營養不夠，她操勞過度，她不事修飾……這又怎能不憔悴不衰老？思湄到了這個年紀還如此豔麗，想來必定是個「飯來張口，茶來伸手」的闊太太，在家裡什麼事情也不做。這樣一株嬌貴的玫瑰花，看來，只適合供在溫室裡；假如，假如……自己這薪水階級怎養得起？到頭來，豈不是也像倩心一樣的變得乾枯、衰萎？越想，越覺得太對不起倩心，這些年來，還儘嫌她土氣，嫌她思想幼稚；其實，她已經夠偉大了。想到這裡，維翰額上的冷汗涔涔而下，深深為自己了解妻子太遲而感到愧疚。

思湄從南部回來，只跟倩心有了一個多小時的相敘，因為維翰上班去了，表姊妹倆就利用這段時間到衡陽路和成都路一帶逛了一次。倩心在自己的經濟能力範圍內，買了一些土產給思湄以及沒見過面的表姊夫和兩個表姨甥；而思湄自己也買了好些肉乾、肉鬆、茶葉之類的食品回去。去國十八載的她，對祖國的一切都感到異常親切。她說：臺灣這地方太好了，下次一定跟她的丈夫和兒女再來；如果可能，她更希望回國定居。

思湄臨走的時候，維翰也特地請了兩個小時的假來送行。由於倩心事先的一再叮嚀以及自己心理上的澄清，維翰對思湄的態度不再矯情地故作冷淡了；相反地，他自然而大方地跟她談笑自若，又彷彿是當年那個瀟洒愉快的青年。

思湄的眼睛是很厲害的，她一眼就看出了維翰的變化。於是，她挑起一道眉毛，一邊對倩心說：「倩心，我發覺維翰跟上次有點不同，你看得出來嗎？」

「沒有呀！」倩心好奇地上下打量維翰，她還以為思湄說的是她丈夫的外表哩！

「我是說，維翰變了，你看他今天顯得多快樂！前兩次我看他都是不苟言笑的。」思湄用一隻纖指點著腮，想了一下又說：「哦！我明白了，他一定是不高興我來；如今看見我要走了，他覺得大解脫，所以就變得開心了。維翰，你說是不是？」說著，就在眾目睽睽中咯咯咯的笑了起來。

「思湄，你！」維翰急得滿臉通紅，想辯白又說不出口。

「表姊，他怎會這樣呢？我想：他大概是因為前兩次沒有好好的跟你談；現在臨別，要表現良好一點罷了！」倩心不忍看著丈夫受窘，也急急的為他辯護著。

「當然！當然！」思湄笑夠了，就說：「倩心，別著急，我是跟你們開玩笑的。」她把嘴巴附在倩心耳邊，壓低聲音說：「你的丈夫是個老好人，就是嚴肅了一點，也不夠開朗。你原來是隻快樂的小雲雀，要多多教他笑才行呀！」

機場大廳上的擴音機響起了催搭客上機的聲音，思湄伸出手來分別和維翰及倩心相握，微笑著說：「再會了，維翰！倩心！我這次到臺灣來觀光，能夠和你們兩位重見，真是我這回最大的收穫！也將留給我一個最美麗的回憶。什麼時候，該你們到新加坡來玩呢？」

「表姊，你一定要再來啊！你一定要再來啊！」倩心含著淚，聲音模糊地喊著。

「思湄，祝你一路平安。下回，一定要跟姊夫和孩子們一道再來啊！」維翰用力握著思湄的纖手，雙眼誠摯地望著她的臉。那眼神彷彿告訴她，你我之間已沒有秘密存在了；我現在很快樂，因為我的心也跟無邪的倩心一樣，明淨有如一面無塵的鏡子。

現在，維翰和倩心又雙雙倚立在機場二樓迎送的欄干上，兩人正拚命的揮動著手。穿著一件杏黃色無袖旗袍、長身玉立的思湄，已跟著其他搭客，走到客機的扶梯下，也轉過身來向他們揮手。一霎時之間，維翰彷彿時光又倒流了十八年，他和倩心站在船欄旁邊向黃浦灘頭的親友揮手告別。在那些人中，他隱約看見思湄不斷地用手帕拭眼淚……

他揮動著的手無力地垂了下來。

「維翰，快揮手，飛機要起飛了！」倩心在旁邊推了他一把。

他機械地又舉起手揮了兩下，然後，忍不住就歪著嘴角嘲弄他的妻子：「看你緊張成這個樣子，還揮什麼手？她根本就看不見我們了！」

「我不管！也許她在窗口望著我們呢？」倩心孩子氣的昂著頭在抗議，小的嘴巴抿得緊緊的。維翰從旁邊望過去，忽地又捕捉到她少女時代的嬌態。

「好啦！你的表姊走了，我們也該回家了吧？」維翰饒有深意地低頭對她說。

「我要等飛機起飛了才走。」倩心依然頑強地搖著頭。

噴射機發動的聲音震耳欲聾，機身滑向跑道，一會兒，這架龐然大物就升上了天空。在隆隆的響聲中，它愈升愈高，愈去愈遠，終於，由只剩下一個小黑點而不見了。維翰夫婦翹首長空，各有所思。倩心在懷念她的表姊，而維翰呢，他凝視著那澄碧如洗的藍天，但覺心無罣礙，一切煩惱都隨風而逝，他的心鏡也澄明得像藍天一樣。想著，他不覺歪嘴一笑，挽著妻子瘦削的臂膀說：

「我們回去吧！」

泥淖

走進那間豪華的公寓，江夢庵簡直有點不敢相信自己的眼睛，正如他不大相信昨天所接到的一個電話一樣。

「你是江先生嗎？」昨天，電話那頭傳過來甜蜜蜜嬌滴滴的聲音。

「我是江夢庵。請問——」怎會有小姐打電話給我的？他懷疑對方打錯了。

「江先生真是貴人事忙，我們昨天晚上才見過面，怎麼就忘了？」發嗲的聲音帶著一點嬌嗔，他聽了不覺全身都酥軟起來。可是，她到底是誰呢？

「真對不起！請問小姐貴姓？」他訥訥地問。

「我是孟蘭心呀！」隨著一陣嬌笑，她終於透露了芳名。

「啊！原來是孟小姐！您是不是要找佟公？」他如釋重負似地舒了一口氣，但是又夾雜著有點失望。

「不是，我不要找他。江先生明天晚上有空嗎？」

「孟小姐有什麼吩咐？」

「我想請江先生到舍下來吃一頓便飯，然後參觀參觀我的畫室。可以賞光嗎？」

「那怎好意思打擾？」他的一顆心在突突的狂跳著。一想到孟蘭心那雙水汪汪的會說話的眼睛、那兩瓣肉感的紅唇，那身骨肉停勻的曲線，他的臉頰就不禁脹紅。啊！真想不到，她居然要請我吃飯，我該答應她嗎？

「假使江先生不答應，就是瞧不起我。明天晚上六點鐘，我在家裡候駕，請一定來。」

她把電話掛斷了，他還是握著電話筒出神。去還是不去這個問題，折騰了他一天一夜；但是，到時候，他卻準時赴約。

一個俏麗的女傭為他開了門，引他走進客廳，倒了一杯茶給他，然後進去通報。一會兒，孟蘭心就出現在他面前。今夜的孟蘭心與前天晚上在宴會上所見的她又是如何的不同呀！前夜，她穿著高貴的旗袍，珠圍翠繞，像個貴婦人。今夜，她卻隨便地穿著一件玫瑰紅色的套頭毛衣，一條緊身的黑色長褲，身上玲瓏的曲線，全都顯露無遺，看來年輕了十歲。他呆呆地站在那裡注視著她，說不出話來，同時還不自覺地伸出舌頭舔著嘴唇。

「請坐呀！」孟蘭心嬌笑著，水汪汪的眼睛瞟著他，好像在笑他的洋相。

他選擇了一個距離她很遠的位置坐下，一面瀏覽著室內的陳設，一面不安地搓著手。過了老半天，才想出了一句話：「孟小姐真會佈置！」

「真的嗎？我聽了好高興喲！」她像個小女孩般毫無保留地表露出被人誇讚的喜悅。「江先生願意不願意參觀參觀其他的房間？」說著，她已亭亭地站了起來。

「好呀！」他也跟著站起身。

她走在前面，他跟在後面，一面貪婪地注視著她搖擺著的渾圓的臀部，一面暗暗吸著她身上香水味的芬芳。

「這是我的臥室。亂得很，請不要見笑。」豪華的公寓面積並不怎麼大，客廳的隔壁就是孟蘭心的香閨。

人美，臥室也美，這是江夢庵對這位女畫家的香閨的印象。他不敢走進去，也不敢多看，他只知道房間裡的一切全都是淺淺的粉紅色的：床、梳粧桌、沙發、窗帘、燈罩，那些淺粉色都是淡至欲無，一點也不顯得俗氣，但是卻充滿了溫馨的情調。聽說她是個離了婚的女人，一個人獨居，房間為什麼這樣香豔呢？

看見他不敢進去，孟蘭心嫣然一笑，走了出來，又帶他走到對面的一間。那是她的畫室，由於她學的是國畫，所以畫室裡的一切都是中國式的。他一看，就有深獲我心之感，正要仔細端詳時，她卻這樣說：「看畫是我們晚飯後的節目，現在請繼續參觀其他的房間吧！」

其他的房間是一間客房、一間飯廳、廚房、浴室以及下房，最後，孟蘭心把他帶到陽臺上。

這是個早春之夜，因為白天出太陽，又沒有風，所以顯得很溫暖。現在，殘陽未盡，暮色方來，在淺紫色的暮靄中，四周的燈火開始閃爍著橙黃色的光芒，像是霧中的一朵朵小黃花。

他倆並排站在欄干前面，不知道是被面前的夜景陶醉呢，還是想不出話題，良久，良久，都默默無言。

「孟小姐住的這個地方太好了！」終於，他迸出了這一句。

「馬馬虎虎過得去罷了！江先生住在哪裡？」她問。

「我住在鄉下。」他含糊地回答。啊！真是別提也罷，他那個家，郊區的一幢小小磚屋，簡陋得不能再簡陋，而為他主中饋的，又是個既老且醜的鄉下女人。一切一切，跟這裡相比，就簡直是地獄與天堂。

「那麼，出入不是很不方便麼？」

「我有時是住在佟公那裡的，他給我準備了一個房間。」

「佟公真是個禮賢下士的好人，江先生給他當秘書已經好久了？」

「是的，快十年了。」

「江先生府上有幾位少爺小姐？」她側過頭來斜睨著他。

「只有一男一女。女兒已經結婚，兒子也在去年出國了。」

「啊！江先生真好福氣！不過，我倒看不出你已經做了丈人哩！」她放肆地端詳著他，從頭看到腳，就像前天晚上在筵席上佟公為他們介紹時一樣。

「哪裡會看不出？我老都老了！」雖然是一大把年紀了，被女人這樣看著，他還是覺得有點難為情。不過，他還是知道自己對女人仍然有著吸引力的。五十四歲的他，頭髮依舊烏黑，臉上沒有半道皺紋，跟他那同年的老伴兒在一起，好多人都以為他們是母子。他，這個北國男兒，天生一副魁梧的體魄，加上他承受了他那蘇州母親秀麗面孔的遺傳；因此，美男子這個頭銜，打從他讀高中的時代開始，就不斷地加到他頭上。只可惜，這個美男子在二十三歲那年就在父母的安排下娶了那個目不識丁的童養媳玉梅。三十年後，玉梅已變成老太婆，而他看來卻只有四十左右。想到了自己的有利條件，於是，他坦然地接受了她眼光的檢閱，也解除了剛才的拘謹，並且回報她一個瀟洒的微笑。

她用水汪汪的大眼睛往他臉上一瞟，頑皮地問：「老了？今年八十還是九十？」

他聽了哈哈大笑，她自己卻不笑，反而一本正經地說：「江先生，我聽見阿娥已經在開飯了，請入席吧！」說著，就一扭一扭的走進屋裡。

他跟著她走到飯廳，在粉紅色的燈光下，鋪著潔白桌布的飯桌上已擺好了好幾樣精緻的菜餚，兩個人的面前都擺著一隻高腳小酒杯，杯中本來無色的液體反射出淡淡的粉紅色。

「請！」孟蘭心甜甜一笑，用優美的手勢招呼他坐下。等他坐好以後，她就舉杯對他說：「江先生，歡迎你的光臨。」她的手指上戴著一隻閃閃有光的鑽戒，她指甲上淺紅色的蔻丹像是瓣瓣玫瑰花。

「謝謝孟小姐的招待！」他也瞇著眼向她舉起了杯子。如此良宵，如此美眷，酒未沾唇，他已微醺。

菜餚都是江南風味，吃起來有點像他兒時母親親手所作的羹湯。他品嚐著，不覺脫口稱讚：「想不到府上這位臺灣小姐居然做得一手這樣好的上海菜！」想了想，他又說：「這一定是你這位賢主人教導有方吧？」

「也可以這樣說，閑來無事，我也喜歡下廚房弄點吃的。我覺得：掌杓和拿畫筆都同是藝術之一哩！」她大大方方地毫不謙虛的說。

「這麼說，我們是同好了！」他頓時眉飛色舞起來。「我不是個君子，哈！我也很喜歡近庖廚的。我母親是個烹飪好手，小時候我常常跟著她在廚房裡打轉，所以也學到了一些手藝。」

「哦？」她那道經過人工加工的眉毛揚得高高的。「那麼江先生真是了不起！我從佟公那裡只知道你是一位才子，詩詞、書法、繪畫樣樣精通，想不到還是一位烹飪專家。江太太真好福氣！你在家裡一定常常表演手藝的吧？」

「別提了，我家裡那個鄉下老太婆！」他忽然變得暴躁起來。然後，又覺得不應該在一個剛認識的朋友面前講這樣的話，於是，又改用緩和的口氣說：「事實上是這樣的，內人是個鄉下女子，什麼都不懂；結婚以後，我曾經教過她燒菜，現在也馬馬虎虎可以對付過去。以前我倒是真的喜歡自己下廚做幾味；這一兩年，孩子們都離去，家裡冷清清的，可以說此道不彈久矣！」說著，他微喟了一下。

孟蘭心默默地注視著他好一回，為了不想破壞原有的歡樂氣氛，就挾了一塊炸蝦球放進他的碟子裡，並且舉起酒杯說：「喝呀！哪裡有才子不喝酒的？」

他一仰脖子，就把原來剩下半杯的白蘭地一口喝光。

在氤氳的春夜裡，在華屋中的粉紅色燈光下，酒醇、菜香、主人美，江夢庵竟不自覺地開懷暢飲起來。孟蘭心並沒有勸他多喝，只是默默地注視著他，不時為他挾上一箸好菜。看他喝得差不多了，就把酒瓶拿走，親手給他剝了一個大橘子，笑著說：「江先生可不要喝醉呀！等一下我還要請你批評我的畫。」

江夢庵一口把半個橘子塞進嘴裡，一面狠狠地吮吸著那甜蜜的液汁，一面瞪著孟蘭心那張因為喝了一點酒而嫣紅得像個熟透的水蜜桃的臉，默然不語。他在為造物者的匠心和不公平而感慨萬分：世界上為什麼有些女人又美麗又聰明又可愛，而有些卻又醜又笨一無可取；一想到他家中那個黃臉婆，他就覺得自己是世界上最不幸的人。

等他吃完橘子，孟蘭心又親手遞上一條雪白的、香噴噴的、熱呼呼的濕毛巾。他擦了一把臉，覺得清醒了不少。孟蘭心引他進畫室去坐，阿娥立刻就捧了兩杯熱騰騰的咖啡進來。

一面啜著咖啡，江夢庵一面瀏覽著室中的一切，忽然間，他覺得像是回到了他的少年時代，回到他家鄉那間老屋的書房裡。可不是？四壁的字畫、窗上的竹簾、架上的古瓶、銅器和瓷器，桌上的水盂、筆筒，筒中的毛筆，那座種著一株小小蒼松的盆景，那燃燒著嬝嬝檀香的香爐，這一切的一切，不都是跟他老家的書房一樣？所不同的，這個書房主人是個美麗的女畫家；而當年他老家書房那個少年英發、能詩能文的才子卻已是個年逾半百的落魄文人，只能靠著一枝破筆餬口了。想著，他不自覺的又嘆了一口氣。

「怎麼忽然嘆氣了？」孟蘭心坐在他對面，用優美的手勢拿著杯子，在輕輕啜著咖啡。此刻，她抬起頭來，用水汪汪的大眼睛瞟著他。

「我想起我從前的那間書房了。你這間畫室，引起了我的鄉愁。」他又嘆了一口氣。

「哦？那真是太對不起了！這樣吧！我請你吃糖好嗎？」她伸出舌頭一笑，裝得很天真的樣子，打開書桌的抽屜，拿出一盒舶來品的巧克力。「我饞得很，在作畫時總是要嚼著巧克力，否則就提不起勁了。吃呀！」

他拈了一塊糖放進嘴裡。「你的畫呢？怎麼還不拿出來讓我欣賞？」

「我怕獻醜呀！」她伸著舌頭一笑，從抽屜裡拿出一卷沒有裱過的宣紙，然後又朝四壁一指，說：「哪！這些和掛在牆上有我的簽名的都是，你自己看，不要笑呀！」

他先打開那卷宣紙，一幅幅的拿起來看；然後又背抄著手，沿著牆壁，仔細瀏覽。她畫的主要是仕女，也有一些是花鳥和靜物。她可能是個初學者，畫得平平無奇，沒有風格；但是，當他想到這些古老藝術的作品竟然是出自一位年輕的、美麗的、摩登的女士的纖手時，又不禁把它們的評價提高。

「唔！孟小姐真是了不起！不愧蕙質蘭心！」看完了畫，他轉過身來，不由自主的就嘖嘖稱讚起來。

她站在他對面，微歪著頭，一手托腮，一手托肘。粉紅色的燈光和粉紅色的毛衣把她的臉襯托得泛著玫瑰紅，一雙水汪汪的大眼睛不安份地在滴溜溜地轉。聽了他的話，她就嬌嗔著說：「不來了，江先生，你不要取笑人家嘛！」

她那近乎撒嬌的動作使他嚇了一跳。她該有三十多了吧？為什麼還保有少女的嬌態？而家裡那個黃臉婆，嫁給他那年才不過二十三歲，卻是從來幾乎連笑都沒有笑過，更遑論什麼閨中情趣了？

「沒有，沒有，我沒有取笑你，你真的畫得很好！」他忽然覺得心跳急促起來，就慌亂的回答著。「時間不早，我看，我得告辭了。」

「這樣急著回去幹嗎？是不是怕太太罵？」她看出了他的窘態，就笑著問。

「你不是答應過要給我一點意見的嗎？」

「哪裡的話？我還是改天再來吧！其實我也不懂。」他訥訥地說著，就首先退到門口。

「也好，下次來可不能這樣匆匆忙忙的走啊！」她送他走出大門，大眼睛裡彷彿蘊藏著無限幽怨。

「謝謝你，孟小姐，謝謝你的招待。」他向她鞠了一個很深的躬，又深深的看了她一眼，然後離去。

他沒有回家，卻是回到佟公館裡，反正那裡有他的一個房間，是準備工作忙碌時給他晚上休息之用的。事實上一個星期中他也總有三四晚在這裡過夜，他告訴過他的妻子，他不回家睡就是有工作要加班，叫她不必等候。對他的不回家，他的妻子從來不敢過問，不過，他這個絕對自由的已婚男人倒也不曾做過對不起妻子的事。

那一夜，由於酒力，他起初睡得很酣暢，但是卻做了很多亂夢。夢中他看見孟蘭心那雙水汪汪的眼睛和玫瑰花瓣似的紅唇，他看見水蜜桃和蘋果，他看見古裝的仕女，還有他老家的書房。

那個晚上的夢境是綺麗的；然而，到了白天，又有一個問題在煩擾著他：她為什麼要請我吃飯？我已經叨擾過她一頓了，是不是要回請她？我那個破家是見不得人的，請她到外面吃合適嗎？這個問題一直纏繞著他，當他苦心焦慮，無法解決時，卻又接到了她的電話。

拿起話筒，一聽到她那甜甜的聲調，他的一顆心又開始在卜卜地跳了起來。

「江先生，你明天晚上有空沒有？」孟蘭心在電話的那一頭嬌滴滴地問。

「有什麼事嗎？」他的一顆心雖然已跳到了喉嚨口，但是因為佟公今天正好也坐在這個書房中看信，所以只好裝得一本正經的模樣。

「到我家來吃飯。」

「那太不好意思了。」

「請放心，不會白吃的，因為我要你教我書法。」

「我……我……」他沉吟著。

「我什麼嘛？不願意教？」

他本來想說：「你是個畫家，當然也寫得一手好字，何必還學什麼書法？」可是，當他發現佟公正抬起頭，用一雙凌厲的、狐疑的眼色從老花眼鏡後面望著他時，就不敢多講，只匆匆地說一聲：「好，我來。」就把電話掛斷。

他深恐這種不禮貌的舉動得罪了她，她家沒有電話，又無法立刻向她解釋，因此又是日夜不安。好不容易捱到第二天晚上，他準時到了她那裡，一見了面，也顧不得寒暄，就急急地解釋了一大番。

她聽了，卻是笑得伸不直腰，笑夠了，就伸出一隻纖指指著他的鼻子說：「唉！真看不出你這麼大一個人，卻是膽小得像個小學生一樣。我請你吃飯，又不犯法，為什麼怕老闆知道？假使不是你說話結結巴巴，佟公又怎會注意到你在跟誰打電話？不過，既然你怕成那個樣子，我以後不打電話去就是。你可要答應教我書法啊！」

「我——我恐怕沒有資格。」他望著她那雙水汪汪的大眼睛，遲疑著不敢答應。

「不要再我我我的了。人家都批評我，畫是畫得不錯，但是那一手字卻是白圭之玷，所以，我早就立下決心要把字練好。江先生，我知道你寫得一手好王體，你就教我嘛！一個星期兩次，不會耽誤你多少時間的。我現在就拜師哪！」孟蘭心先是像小女孩般在撒嬌，然後，說著果然就在他面前跪將下去。

他嚇了一跳，連忙站起扶她起來。他的一隻手在慌亂中握著了她的，那是一隻柔軟，溫暖而多肉的手，掌心微微有點濕潤。他一碰到，先是感到一陣舒服，然後又像觸了電似的立刻放開。

「啊！孟小姐，使不得！使不得！我教你就是。」他慌張地叫著，額上也冒出了冷汗。

「你答應了？」她高興得跳了起來。

「我可以站在朋友的立場跟你互相研究，但是，不是當你的老師。」他掏出手帕擦著額上的汗。

「嗯！今天天氣是有點悶熱，請寬衣吧！」她斜睨著他。

他的確感到一陣躁熱，就動手去脫上裝。她在後面伸手幫他，不知是有意還是無意，他覺得她的指觸曾經在他的雙肩上停留了一下。

今夜是他們的第三次見面；第二次一同吃飯；他們現在有著「師生」的關係；他們之間已有默契——不在佟公面前打電話。他們彼此都覺得，現在是老朋友了。他們在飯桌上淺斟低酌，細嚼慢嚥，消磨了一個鐘頭。然後，兩人各捧著一杯咖啡坐在她的畫室兼書房中，在緋紅色的燈光下，彼此用含情默默的眼光凝視著，搜索著，又消磨了一個鐘頭。沒有人記得關於「研究書法」這回事。

直到杯中的液體已空，他才惕然驚覺地站起來，悵惘地說：「我該走了。」

她無言地送他到門口，伸手和他相握，用如醉如痴的目光望著他說：「後天晚上再來。我等你。」

他握著她那柔軟、溫暖、多肉、掌心溫潤的小手，久久不能放開。他想，假使現在還是三十年前的我，恐怕就會表演出外國電影中的鏡頭——順勢把她擁入懷裡了。

從此以後，江夢庵一個星期到孟蘭心那裡去兩個晚上。他們的節目大都是吃飯、談心。偶然，他會到她那電化廚房裡表演手藝；有時，他也會坐在她的畫室中懷念老家的書房。她並沒有再提到請他教她書法的事，他也忘記了去考慮自己是否該回請她。自從跟她認識以來，他自覺彷彿變了一個人，他感到愈來愈年輕，也愈來愈愛打扮。佟公不時用懷疑的目光打量著他。他那出嫁了的女兒偶然歸寧，也會跟父親開開玩笑：「喲！爸爸，您怎麼愈來愈年輕愈英俊啦？一點也不像個做了外祖父的人嘛！」

有時，他也覺得對他的老妻玉梅不起；可是，每當這個念頭一起，他立刻又為自己辯護：我跟蘭心之間是清白的嘛！我跟她談得來，彼此交交朋友有什麼不可？男女授受不親的時代已經過去啦！

可惜，他們的「清白」維持了不到一個月。在一個風雨之夜，他多喝了點酒，糊裡糊塗的就醉倒在她那張淡紅色的、柔軟的彈簧床上。

第二天早上他離開她家後，曾經因為內疚神明而特地買了十個玉梅愛吃的牛肉餡餅回到自己簡陋的家裡，而且還替玉梅打掃院子和澆花。他把自己忙得滿身大汗，想設法忘記昨晚那甜蜜而又可怕的遭遇。他痛下決心從此不再上她那裡去，可是她那雙水汪汪的大眼睛、兩瓣軟軟的紅唇、滑如凝脂的胴體，卻像無數拂拭不去的魔影，一天到晚都在纏繞著他，一到了約定的時間，他又乖乖的上孟蘭心那裡去報到。

他知道自己沉淪了、墮落了。半個月下來，他已憔悴不復人形，雙睛深陷、眼圈發黑、兩顴高聳，面色萎黃，原來的「俊」，不知哪兒去了。他想自拔，可是又拔不起來，一個人要是不幸掉到泥淖裡去，恐怕就只有接受愈陷愈深，甚至終於滅頂這個悲慘的命運。

一天的下午佟公坐在書房裡批閱來往的信件，他的臉色很陰沉，嚴峻的眼色不時從眼鏡後面射向江夢庵，使得江夢庵坐立不安，直覺得將有什麼不幸會降臨到自己身上。

「夢庵，你過來！」過了很久很久，佟公才發出這一句低沉而有力的話。

他立刻走到佟公面前，低著頭，垂著手，像個等待判決的犯人。

「你跟孟蘭心來往有多久了？」佟公突然這樣問。兩道凌厲的目光在他的臉上和身上搜索著，彷彿要看穿他的內心似的。

像是被一記悶棍從後腦杓打下來一樣，他頓時臉色發白，搖搖欲倒。佟公怎會知道的？我還以為他因為我近來經常遲到早退，工作得不起勁而不高興，怎會牽連到這件事上面去呢？

「我——我……」他張口結舌，想分辯卻分辯不出來。

「用不著否認了，這件事已有人向我報告，我知道得清清楚楚。」佟公頓了一頓，改用沉痛的聲調說：「夢庵，你怎會這樣胡塗的？已經是個做了外祖父的人，還做出這種事？你知道嗎？孟蘭心是某巨公的外寵，這麼一來，我和某巨公的友誼也完了，這件事，可大可小呀！某巨公雖然現在在國外，萬一他將來回國知道了怎麼辦？」

「我！我……」他一手扶著桌子的邊沿，以防止自己跌倒。他想說：我根本不知道她和某巨公的關係；又想說：是她蓄意引誘我的，她一次一次的要我上她家去。但是，不知怎的，他就是說不出口；無論怎樣，總是自己錯了，反正已掉到泥淖裡去，那身污垢，是怎樣也洗不清的。

「夢庵，我真替你可惜，你以為像孟蘭心那種女人會有真正的愛情嗎？聽說她的生活糜爛得很，否則，她怎會做人家的外室呢？還不是為了貪圖享受？你跟了我多年，我很器重你的才識，而且也相信你是個正人君子。從今天起，你不要再去找她了，我們就當作這件事不曾發生過吧！」佟公彷彿明白他的心意似的，倒是先替他把話說了。說完以後，佟公站了起來，拍拍他肩膀，就走了出去。

他頹然坐在一張椅子上，雙手捧著頭，忍不住悄悄的落下了幾滴眼淚。佟公的寬大厚道使他感到慚愧；而那個女人啊！你，你，為什麼要像一條美麗的花蛇般害我犯罪，給我恥辱？

那個晚上，並不是他和她約定相見的日子；但是，他卻不顧一切的去了她家，他要給她一頓教訓，警告她以後不要再隨便的向男人賣弄風情。

給他開門的阿娥露出錯愕而驚惶的表情。他不理她，逕自入屋。

豪華的客廳中，孟蘭心穿著一件紫蘭色的緊身洋裝，嬌慵地靠在一張沙發上，她的身旁坐著一個穿著一件鮮紅色夾克的油頭粉臉青年，兩人正在款款深談。看見江夢庵進來，她的兩隻眼睛睜得比銅鈴還要大。

他很想給她兩個耳光，然後一言不發的掉頭就走。她知道自己為什麼會挨打的。可是，礙於那個青年在旁，他不得不按捺著性子。他像一座山似的傲然矗立在她的面前，用冷峻的聲調說：「孟小姐，我想私下跟你談幾句話，可以嗎？」

「喲！江先生，什麼事情這樣嚴重嘛？小張是我的好朋友，我和他之間沒有秘密，你有話儘管說好了。」孟蘭心怪聲怪氣地叫了起來，臉上帶著皮笑肉不笑的表情，一面說著，一面還向那個青年直飛媚眼。

「你這個賤女人！既然你不要面子，我還替你隱瞞什麼？」忽然間，他對她那雙水汪汪的眼睛感到無比的厭惡。他氣得渾身發抖，戟指著她，厲聲就罵：「你這個水性楊花、人盡可夫的女人，害了我還不夠，還想去害別人？」他轉過去又對那個青年說：「老弟，這個女人是一條毒蛇，你可得小心啊！」

說著，他轉身大踏步離去。背後，立刻響起了一男一女放肆的笑聲，笑聲中還隱約聽見那個青年在大聲叫：「那個老傢伙一定瘋了！那個老傢伙一定瘋了！」

他昏昏沉沉地衝下樓去，渾身都像虛脫了一樣。他搭上一部開往郊區的公共汽車回家去。在車上，他第一件想到的事就是，明天不要到佟公館去上班了，佟公雖然沒有明責，自己闖下了這樣的大禍，還不應該引咎請辭嗎？但是，辭了職以後的生活又怎樣解決呢？年紀一大把，過去又沒有什麼輝煌的履歷，光靠著一枝毛筆，能不能再找到新的工作呢？還好家中現在只剩下兩老，在國外的兒子已快學成，一時沒有工作，大概也不至於餓死，就走著瞧吧！

回到家裡，老妻還沒有睡覺，獨自坐在燈下為外孫縫製小衣服。玉梅到現在還去不掉鄉下人節儉的德性，雖則現在童裝到處可以買得到，而且價錢又便宜得很；但是，她還是喜歡湊些零頭碎布來自己一針一針的縫，做出來的樣子土裡土氣的，使得女兒要也不是，不要也不是。

看到丈夫回來，玉梅那張扁平的從來不笑的大臉露出了淡淡的驚喜。她站了起來，倒了一杯熱茶給他，問：「吃過飯沒有？」

「吃過了。」他不耐煩地回答。其實，他卻是連水都沒喝過一口；只是，憤怒與羞慚已填飽了他的胸臆罷了！

「那麼，我打水給你洗臉。」玉梅又說。不論丈夫對她如何冷淡，每次他回家，她總是這樣服侍他，因為她認為這是做妻子的本份。

洗過了臉和腳，江夢庵躺在他自己房間裡的單人床上生悶氣。為了不喜歡自己的妻子，早在七八年前，他就藉口信佛而與玉梅分房分床；即使如此，他還是三天兩天的不回家。現在怎麼辦呢？美麗的綺夢破碎了，一份好好的工作被自己毀了，今後，勢非天天登在家裡面對這個不識字的鄉下老太婆不可。啊！我的天！你賜給我一個俊美的外形，也賜給我以聰明才智，為什麼卻要讓我有個這樣淒涼的晚景？這樣不光榮的下場？

多年來他自以為乾涸了的淚泉竟然汩汩而流，流濕了他的面頰，也流濕了他的枕頭。說也奇怪，當淚水流出來以後，他反而覺得舒暢了。他聽見玉梅走進來的腳步聲，連忙背轉身去裝睡，一面還悄悄的用被子把眼淚揩乾。

「漢明的爹，你還沒睡著吧？我給你煮了一碗酒釀雞蛋，你起來嚐嚐。我看你最近臉色很不好，一個人年紀大了，可不能把身體拿來開玩笑啊！」玉梅用粗糙的手輕輕在他的肩膀上搖撼著。

一陣內疚，一陣感動，躺在被窩中的他忍不住又流出眼淚來。他發出唔唔呀呀的聲音裝作剛剛睡醒。「你去打一條熱毛巾給我，我馬上起來。」他這樣說。

背著玉梅，把臉擦乾淨，他坐在床上，呼嚕呼嚕的一會兒就把那碗酒釀吃光了。

玉梅站在旁邊，懷疑地望著他說：「你剛才說已經吃過飯，為什麼好像很餓的樣子呢？」

「嗯！也許還沒有吃飽吧？家裡有沒有麵條或者什麼？你再給我弄點東西來吃。」他又用毛巾擦著臉。

「有！有！我馬上去弄。」玉梅欣喜地答應著，立刻就邁著大步，要往外走。

「玉梅！」當她走到房門口時，他忽然喊住了她。

她轉過身來望著他，大臉上寫滿了問號。

「玉梅，」他的聲調很溫柔，溫柔得連自己都覺得奇怪。「我近來的確覺得身體不怎麼好？我想向佟先生那邊辭職，你說怎麼樣？」

「漢明的爹，最近我就覺得你好像有病了，看你的臉色多麼青黃，而且又老是提不起精神的樣子。」玉梅走近幾步，用一種像母親，又像大姊姊般的眼光看著他。「我本來就想叫你去看醫生，但是你回來總是連話都不講，我又怎敢開口呢？真的，佟先生那邊你實在不用去了，我手邊也存了萬把塊錢，夠我們兩個人吃一個時期的。不夠的時候我還可以在院子裡種菜、養雞，漢明再過一兩年大概就可以做事，你何必再在外面奔波呢？」

結婚三十一年來，玉梅從來不曾一口氣說過這麼多的話。他迷惘地望著她，想不到這個一向被他目為愚昧無知的鄉下女人居然也懂得不少。他望著她那張從來不笑的、扁平的大臉，還有她那壯碩的身體，忽然起了一種倚賴感。他想：假使他以前懂得信賴妻子那雙強有力的手，又何至曾經一度掉到泥淖裡呢？

那快樂的一對

走下悶熱擁擠的火車，李海青拍了拍身上的煤灰，擦擦額上的汗。他四處張望了一下，不禁倒抽了一口涼氣。簡陋得不能再簡陋的車站，一條窄窄的街道，一列十來間的小店，就算是這個「鎮」上的大街，比起臺北市，簡直要倒退五十年。谷風那小子，居然選擇了這塊好地方，怎受得了的？

他走到車站的售票口，向裡面那個年輕人問：「請問到北寮村是怎麼走法的？」

「先生，你要到北寮村？」年輕人好奇地望著他。

「是呀！請你告訴我該怎樣走？」

「那裡你沒有辦法走得到的，要翻過一座山。不過，你可以坐船從海上去。你從這條大街往前走再左轉，就可以走到海邊。你到碼頭去僱一條小船去吧！」年輕的站員仍然用驚奇的目光望著這個服裝整齊的都市人，最後又忍不住加了一句：「先生你是——」

「去看看一個朋友。謝謝你。」李海青向他揚一揚手，立刻邁開大步走出車站。

是的，從這條大街往前走再左轉，你就可以看到海。是的，帶著鹹鹹的腥味的海風早就送進鼻管了。五分鐘之後，李海青就已經站在海的面前——一個簡陋的碼頭旁邊。似乎已有兩三年沒有到過海邊了，他凝望著那一望無垠的海面，然後閉起雙眼，貪婪地深深吸了一口海風。

碼頭的木樁上坐著幾個赤腳的小孩子，全都睜著圓圓的眼睛好奇地望著他。他笑了笑，彎下身子問其中的一個：「小朋友，這裡有船到北寮村去嗎？」小孩子羞澀地一笑，沒有回答他，卻轉過頭去，大聲用閩南話叫著：「阿福伯，有人要去北寮。」

一個滿臉皺紋的老船夫從一條小船上站起來答應著，一面用手勢招呼李海青下去。李海青跳下小船，老船夫一面搖櫓，一面咧開沒有牙齒的嘴巴含混地說著話。李海青一句也聽不懂，只好傻笑。

小船沿著岸邊前進，八月的太陽像個火盆罩在頭上，才不過幾分鐘，就把李海青臉上和手臂上的皮膚晒得發痛。他隔著太陽眼鏡望著老船夫古銅色的、發亮的、佈滿斑痕和皺紋的臉，突然感到一陣慚愧。他記得：當年他去成功嶺受訓，去接受分科教育，乃至去年一整年的軍中服役，也曾經把皮膚晒得又紅又黑，身體也強壯得像鐵打似的。為什麼一年來的辦公廳生涯，又把自己變成一個弱不禁風的都市少爺？谷風那小子倒也真莫名其妙，甘心躲到這個窮鄉僻壤，晒大毒日頭，喝又鹹又腥的海風；還有，方采薇那個漂亮的妞兒居然也跟定了他。真是怪人一對。嵾嵯的石岸漸漸遠去，半個鐘頭之後，老船夫遙指著面前一片金黃色的沙灘對李海青說：「到了！」

遠遠望去，沙灘的後面是一排小木屋，木屋後面是叢林，叢林後面是青山；沙灘上晒著漁網，幾艘小船仰著肚子躺在岸邊，倒是一派幽靜的漁村景色。

小船靠岸，李海青問老船夫多少錢。老船夫再度咧開沒有牙齒的嘴巴，伸出五隻手指說：「五塊就好啦！」

李海青把一張十塊錢的票子，放到老船夫粗糙多繭的手裡說：「老伯，不用找了，謝謝你！」

他踏到軟軟的沙上，感到有一陣的快意通過全身。他走向木屋，木屋的門口有老人坐著打瞌睡，有小孩子在玩耍。看見他走過來，小孩子們全都像看見了外國人一樣的圍攏過來。

看到其中有一個十一二歲、長得比較聰明的孩子，李海青用半吊子的閩南話對他說：「小弟弟，你知道北寮國小的谷老師住在哪裡嗎？」

「我知道！我知道！谷老師就是我們的級任嘛！」孩子卻用流利的國語回答，並且用手往木屋後面一指：「他就住在那邊，我帶你去。」

「那太好了，小朋友，謝謝你！」李海青喜出望外的說。

那個孩子領頭，其他的孩子也都跟著他，李海青又跟在後面。他們繞過那列木屋，後面原來是一條很清靜的街道。街道的盡頭就是北寮國小，只有一幢二層的樓房，後面是個小小的操場，很簡陋，但卻是新建的。孩子指著學校旁邊幾間小小的屋子說：「谷老師的家就在那裡。」

走到那院子中種滿了花的小屋子門前，李海青大喊了一聲：「谷風！」馬上，裡面走出來一個瘦高個子的青年，兩個人一見面，先是緊緊的握著手，然後你拍我一下肩膀，我搥你一拳的哈哈大笑起來。谷風說：「你這個小子，不遠千里而來，事先也不通知一下，我可以到鎮上去接你嘛！」

「這樣不速而至不是更好嗎？可以給你一個意外的驚喜！」

那幾個小孩子還圍在門口看熱鬧，谷風和李海青向他們道了謝，他們這才戀戀不捨的走開。

谷風一手搭著李海青的肩膀帶他走進屋裡，一面大聲的叫：「采薇，你看是誰來了？」

他們剛走進那間小小的、卻是收拾得很整潔的客廳，方采薇便從廚房中一面用圍裙擦手一面走了出來。

「原來是臺北人來了，稀客！稀客！」一看見了李海青，她便這樣叫了起來。

「方采薇，你好像愈來愈漂亮了嘛！」李海青注視著她，忍不住由衷的讚美。分別了一年，方采薇除了皮膚晒黑了一點以外，卻是長得更成熟更豐滿了。她的臉上煥發著青春與幸福的光彩，罩在一件格子布洋裝裡面、纖穠合度的胴體也顯得活力四射。李海青忍不住又加了一句：「谷風，你這個小子真夠福氣啊！」

「漂亮什麼？我都快變成鄉下老太婆了。李海青，說真的，你有女朋友了沒有？」方采薇在丈夫的身邊坐下，谷風立刻伸手環抱著她的腰枝，看得李海青眼紅紅的。

「沒有呀！現在的都市小姐，都瞧不起我們這種上辦公拿薪水的人了，有什麼辦法？」李海青雙手一攤。他有一點後悔，當年在大學裡同學時沒有勇氣向方采薇表示，以至後來被谷風捷足先登。其實，他知道，當時暗戀著方采薇的男同學大有人在，只是谷風比較幸運而已。

「你總比我們好呀！我們兩個人合起來都沒有你賺的錢多。」

李海青本來想罵谷風一句「活該！誰叫你自己跑到這個窮鄉僻壤來當教書匠的？」又覺說不出口。雖然是老同學，但是已經離校兩年，說話還是不能太放肆。結果他只是淡淡的這樣說：「你們不同，鄉下地方花錢比較少。」

「可不是？我們簡直是有錢沒地方花哩！今天你來，我可要好好的花一下了。采薇，你馬上去殺一隻雞，等等我去買酒。咱們老朋友今天要好好的樂一下。」谷風拍著手說。

「你們自己養雞？那好，我還沒有嚐過方采薇的烹飪技術哩！」李海青也不推辭。

「你還不曉得哪！我的宮保雞丁和咖哩雞都是頂頂拿手的，谷風還誇我是第一名廚哪！」方采薇站起身來，說完了吐了吐舌頭，就走進廚房裡。

李海青望著她苗條的背影，忍不住嘆了一口氣：「你這個小子真夠福氣。」他把聲音壓低了一點，又問：「怎樣？什麼時候請吃紅蛋？你們結婚都快一年了。」

「不！我們現在還不打算生孩子。為了教育別人的孩子，不能不自我犧牲一點呀！」谷風笑了笑。

「自我犧牲一點？谷風，你們簡直是太委屈了，堂堂大學畢業生跑到這種鄉下來當小學教員。告訴你，同學們都在批評你們是傻瓜，是呆子，還有人罵你們故作清高哩！我也不明白，你們起碼可以去教國中呀！何必跑到這麼老遠的地方與世隔絕？」趁著機會，李海青就把心裡的話全給抖了出來。

「大家不了解我，我知道；但是，我為什麼為了怕別人的閑話而違背自己的意志呢？」谷風又是瀟洒地一笑。「李海青，你相信緣這個字嗎？我就十分相信。告訴你，我和采薇來這裡教書，完全是靠一個緣字，而不是唱什麼人才下鄉的高調啊！」

「你倒說說看，少賣關子！」李海青把椅子挪前一點，準備凝神細聽。

「是這樣的，去年我退役後，一時還沒有找到工作，有一天因為心裡很悶，就約采薇出去旅行。我們根本沒有目的地，到了火車站，我問她去哪裡，她說隨便，就這樣，我們選擇了這個不為人所注意的小鎮。在火車上，無意中跟鄰座的一位中年人攀談起來，原來他就是我們現在的校長；他告訴我們，這裡的一所國校快要設立了，但是居然找不到教員，真不知怎麼辦才好！」

「於是你就毛遂自薦了？」李海青問。

「也可以這樣說。我當時聽了先是很氣憤，現代的青年人多麼現實呀！鄉下的小學教員工作，竟然無人問津了。接著，我又想了，反正我也在找事做，我為什麼就不可以去教育鄉下的孩子們呢？假如大家都不肯去，那些可憐的孩子們哪裡有接受教育的機會？於是，我就對那位校長說了，我來好不好？還有這位小姐，她也是一位好老師啊！」

「於是，那位校長喜出望外，而你的采薇也放棄了原來收入豐富的女秘書工作跟你跑到這裡來？你們兩個真夠偉大！」李海青情不自禁的搖搖頭，也不知道是不贊成他們的「傻瓜」行為呢？還是對他們沒辦法了解。

「當然了，嫁雞隨雞嘛！」谷風一副得意的樣子。

「可是那時候你們還沒有結婚。」李海青想起了自己沒吃到他們的喜酒，因為那時他正住在南部的家裡。

「是呀！我們等於是在這裡渡蜜月的，我們就是看中這裡的風景嘛！你看，」谷風指指窗外：「從這裡可以看到海，從門口就可以看到山。這裡沒有煤煙，沒有噪音，有的只是濃厚的人情味。你猜，我這幢房子月租多少錢？你絕對想不到，它只要兩百元。這個數目，在臺北連一個小房間都租不到啊！我們的待遇雖然微薄，但是這裡物價低，又沒有花錢的地方，所以我們的薪水還是有得剩餘。」

「可是，你們不會感到寂寞、無聊？」李海青依然帶著迷惘的神情，望著他的老同學。

「才不哪！你看我們這滿架的圖書和唱片，這就是伴我們消遣時光的良友。有時，我們去爬山；有時，到海灘上去散步；當我置身在美妙的大自然中，往往就會為一些忙忙碌碌的都市人感到悲哀，覺得自己幸福無比。我們差不多要兩三個月才回臺北去看父母一次，因為我們已變得對臺北的喧囂擁擠無法忍受了……」

「谷風，你蓋個有完沒有完？我菜都燒好了，你還不去買酒？」不知什麼時候，方采薇已從廚房裡走出來。兩個男人吸一吸鼻子，果然聞到了陣陣肉香。

「好，我就去買。你陪李海青談談吧！」

谷風趿著拖鞋就往外跑，剩下的兩個人呆呆的坐著，一時不知道說什麼好。方采薇微笑的望著李海青，半天才想出了一句客套話：「你餓了吧？」

「不，我不餓。」李海青慌忙的回答著。老同學是不用講客套的，一講客套就顯得生疏了。他凝望著方采薇那張黑裡透紅而光潤的臉蛋，凝視著她閃亮的雙眸，忽然冒昧的爆出了一句：「方采薇，你這一年來過得可快樂？」說完了，他又自覺失言——我憑什麼這樣問她？當年她並不知道我的心，我和她只是普通的同學，怎可以問這樣的話呢？

「當然快樂哪！我有一個愛我的丈夫和一份有意義的工作。你不知道這些鄉下孩子有多可愛，他們簡直天真純潔得像天使一樣。」方采薇並沒有注意到李海青臉上不安的表情，她的雙睛閃耀著喜悅的光芒，似乎急於要把自己的幸福與人分享。

「是的，我知道，你們比任何一對都快樂。」李海青喃喃地說著。這時，他忽然又迷惘起來了；他們是快樂的，那麼我呢？我有一份收入遠勝他們的工作，我有著夠水準的物質享受；然而，我快樂嗎？我沒有精神生活，沒有理想，只是過一天算一天的，難道這就是一個受過高等教育的現代青年的人生觀？

谷風從外面提了兩瓶啤酒進來，一手還拿著一大包水煮的落花生，嘴裡直嚷：「鄉下地方，沒有什麼好招待的，請老同學包涵一點。」

其實，方采薇親手烹調出來的「一雞三味」色香味俱佳，直吃得李海青幾乎連舌頭都吞了下去；再灌上大半瓶啤酒，又加上友情的親炙，一頓飯下來，他簡直有點暈陶陶了。

飯後，呷著新沏的上好青茶，三個老同學天南地北的聊了好一會兒，李海青因為還有事，就起身告辭。谷風用力的拍了李海青的肩膀一下，笑著說：「好吧！我送你到鎮上去搭火車。本來，我還想帶你在這附近走走的，但是又怕晒黑了你這個都市少爺白嫩的皮膚。這樣吧！等你秋涼後有空再來，咱們還可以去爬爬山。」

方采薇把他們送到海邊，站在沙灘上，一直等到他們的小船遠去才走開。李海青遙望著她亭亭玉立的影子，忍不住由衷的對谷風說：「谷風，你真是個幸福的人，無論在愛情上，在事業上，你都選擇對了。我簡直自嘆不如啊！」說著，他覺得眼眶一陣濕潤，竟流下了自憐的淚滴。還好，太陽眼鏡遮住了他的窘相，他的秘密並沒有被谷風發現。

歌星的媽媽

當臺上那個美麗的歌星用優雅而誘惑的姿勢俯身向觀眾鞠躬時，臺下的掌聲就像新年的鞭炮似的從四方八面劈劈劈的響了起來，裡面還夾雜著喝采叫好的聲音，王太太把一雙露筋而瘦骨嶙峋的手都拍得痛了，但是她還不想停止，她驕傲地伸長了她瘦長的脖子，四處張望，恨不得找個人來告訴：「你知道嗎？這位美麗的歌星就是我的女兒呀！你看她多可愛！歌又唱得多好！總經理說的，頭一個月的薪水先給她六千塊，第二個月以後，假使她受歡迎，就可能加到一萬五。一萬五也許不算太多，人家出了名的紅歌女一晚上就可以拿三千塊錢。不過嘛！我也滿足了。往後的日子長得很，我女兒今年才十八歲哪！」

王太太東看西望的，一個熟人也看不到，有點失望，就從她那新買來皮包裡掏出一個也是新買來的粉盒，打開粉盒，對著鏡子端詳自己，又撲了幾下粉，這才放心地呼了一口氣。等一會兒散場，她就要到後臺去接女兒回去，現在是一個歌星的媽媽了，可不能土裡土氣地讓別人瞧不起啊！為了女兒今晚第一次登臺，她事先特地去做了一件新旗袍，買了一雙新的半高跟鞋和一個手提包，今天早上又去做了頭髮，就是那種一般中年婦人所梳的高髻型，噴了厚厚的一層膠水，硬硬地像戴了一頂帽子，鄰居們看見了，都稱讚她說：「喲！王太太今天好漂亮啊！有其母必有其女，怪不得你的女兒這樣美麗啦！」

現在，在臺上演唱的是一個油頭粉臉的男歌星，聲音低沉得像牛叫，唱的又是英文歌，王太太一個字也聽不懂。她想：這有什麼好聽？小莉唱得豈不比他強了一百倍？要是早知道唱歌也能賺大錢，就不讓小莉唸什麼高中了，白白花了兩年多的學費，多可惜！這一次，歌廳的老闆來找小莉簽約，小莉還捨不得放棄她的學業，她老頭子居然也反對，要不是我堅持要小莉答應，大好機會豈不白白錯過了？你看，憑著小莉——不，應該說是丁娜了——的歌喉，憑著她的美貌，她將來一定會成功的。剛才的掌聲不就是一個最好的證明嗎？啊！要是她下個月能夠拿到一萬五千元的薪水，我們就可以搬到那些漂亮的公寓裡去住，我還要僱個鄉下女孩子來幫忙家務，對每天燒飯洗衣的工作，我真是厭倦透了。老頭子呢，其實他那份月薪不到兩千塊的差事也大可不幹；不過，男人閑在家裡也無聊，就買一部摩托車給他騎去上班，省得擠公共汽車也好。對了，我們還要買一個電冰箱和一套沙發；還有，所有的床都要換新的，家裡那些破舊的家具怎能擺到新的公寓裡呢？還有，其他那三個孩子也得添置點衣物，還好現在臺灣的衣著便宜，以後小莉每個月有一萬多的收入，一家人都打扮得像百萬富翁似的也不是辦不到的事。我渴望了多年的鑽戒大概也可以戴上手了吧？

一陣像春雷般的掌聲把王太太從遐想中驚醒。臺上，不知什麼時候已換了一個歌星。這個歌星，高高的，胖胖的，年紀已有三十開外，穿著一件深綠色的低胸晚禮服，露出了多肉的肩膀和半個胸脯，胸前掛著一串閃閃有光的鑽石項鍊，也不知是真貨還是假貨。

王太太一向是個歌迷，她認得這個紅遍歌壇的歌星，在麥克風前，她大概已唱了十年以上。如今，歌而優則影，她已被某電影公司羅致去，拍了兩三部電影了。現在，這個老資格的歌星，正用她略帶沙啞的嗓子在唱一首抒情的曲子。她那雙鑲著假睫毛的媚眼不時飛向觀眾，她那兩片豐滿而肉感的紅唇在一開一闔，被衣服緊緊繃著略顯粗肥的腰和臀在一扭一扭的，惹得那些男性觀眾不時叫好。王太太厭惡地皺著眉頭，你臭美什麼？無非靠著出賣色相和風騷來討好男人而已。你怎比得上我的女兒小莉，不，丁娜？她比你年輕，比你漂亮，歌又比你唱得好；憑你這種貨色也可以當電影明星，我的丁娜簡直可以到好萊塢去了。

王太太閉著眼，幻想她的小莉已變成了電影明星。報紙上、街上的廣告和海報，全是青春玉女丁娜的照片。她拍了一部又一部的電影，當選為影后；然後，好萊塢的電影公司就派人來禮聘她去擔任一部以東方為背景的電影的女主角。男主角是最英俊的小生，該死！那些外國明星的名字為什麼老是記不住？管他叫什麼名字，反正是個英俊小生就是。於是，丁娜就成為國際紅星，美鈔滾滾而來。於是，我這個做母親的，也就可以到美國去開開眼界了，說不定還可以在那邊長住啊！真想不到，我也會有這麼一天，怪不得幾年前那個算命的瞎子說我將來會享晚福，他倒是算得很準啊！

當然，這一切都是丁娜帶來的好運，不過，也得靠我懂得把握機會。否則，怎麼會有今天？王太太厭惡地瞪著臺上那個胖胖的歌女。你算得什麼？你只懂得向觀眾飛媚眼！我的女兒才是個唱歌的天才，王太太很清楚地記得：小莉打從上幼稚園起就已嶄露歌唱的天才。也只有小莉的福氣好，有機會上幼稚園，到了她下面的三個弟弟妹妹，老頭子就沒辦法供他們上幼稚園了。小莉在上幼稚園的時候，就很喜歡唱歌跳舞，加上她那張漂亮的小臉蛋，每逢學校舉行遊藝會，老師就一定選她出來表演，還帶過她上電臺去唱歌哪！

上國民小學的時候，有一次學校舉行唱歌比賽，讀二年級的小莉上臺唱了一首「熱烘烘的太陽」，毫不費力的就得了冠軍。到了現在，那面錦旗還掛在家裡。往後，小莉對唱歌就更有興趣，她跟著收音機學會了一首又一首的流行歌，又唱得那麼像；到了初中，同學們聽過她唱歌的，都叫她「小周璇」，從此，她更是學校遊藝會中不可缺少的風頭人物了。

也許就是因為她太喜歡唱歌的緣故，她的功課一直不怎麼好，初中畢業後只考取了一家商職。不過，那有什麼關係？我們小莉又不靠一張破文憑去混飯吃。你看，她現在才不過十八歲，一個月就可以掙個一萬八千。我問你，那些大學畢業生，有幾個人比得上她？

現在再來說我的如何懂得把握時機吧。就是那天嘛！一年前的那天，我到隔壁林家去看電視（那時的我們真可憐！窮得連一架電視機都買不起！）忽然，聽見節目主持人宣佈，他們要舉行歌唱比賽了。林太太對我說：「王太太呀！你們家小莉歌唱得那麼好，為什麼不讓她去參加呢？」

對呀！為什麼不讓小莉去參加？我聽過很多很多人唱歌，似乎誰都沒有她唱得好，我相信她一定可以在比賽中獲勝的。就這樣，小莉一夜成名了，她得了個冠軍，她成為那家電視公司的基本歌星。為了要看小莉在電視中唱歌，我們還特地以分期付款的方式買了一架電視機。雖然每個月要付出好幾百塊，有點吃不消；但是一想到小莉很快就會替我們賺回來，又覺得那架電視機簡直是太便宜了。

啊！小莉在電視中出現的樣子才可愛哪！簡直可愛得像個小仙女！那天，她身上穿的那件迷你洋裝就花了一千塊錢，那還是我去跟人家借來的。為了女兒的前途，我得下點本錢才行呀！一千塊錢算得了什麼？而且，人家聽說我的女兒要到電視臺去表演，也很慷慨的把錢借給我，人家都知道，這種借錢大可放心，絕對不會不還的。小莉的頭髮嘛！因為學校不許她們燙髮，就只能到美容院裡做成那種什麼阿哥哥型的，短短的，也很好看嘛！正好配合她的年紀！那天我才驕傲哪！坐滿了一屋子的鄰居，小莉的影子才出現在電視幕上，大家就拚命的鼓起掌來，就好像小莉也可以聽到一樣，哪像我今天這副孤零零的樣子？我真不該一個人來的。老頭子不肯來（那死鬼還是有點不想女兒出來拋頭露臉，真是頑固派的死腦筋，也不想想看現在是什麼年代？）而我又捨不得多花一兩張票子的錢帶兩個孩子來，或者請個鄰居作伴。這多寒傖哪！一個新歌星一夜登臺，居然沒有親友來捧場，多不像話！還好觀眾都喜歡她，掌聲那麼熱烈，否則小莉一定會怪我的。

胖胖的歌女唱完了，扭動著龐大的臀部向觀眾作了一個深深的彎腰，假睫毛覆蓋下的媚眼滿場亂飛，戴著白紗長手套的手還不停地向觀眾揮動著，惹得滿場的觀眾都像瘋狂了一樣站起來大聲叫好，鼓掌的聲音幾乎把整個大廳的天花板都震塌。

王太太可沒有鼓掌，她撇著嘴不屑地瞅著那個正扭著肥大的臀部退向後臺的歌女。你老都老了，只懂得賣弄風騷，有什麼了不起？看我的女兒吧！她只有十八歲，可是啊！就比你不知道強了多少倍，她的歌聲甜美得像個仙女，人也可愛得像個仙女。你等著瞧吧！不出一兩年，她一定會比你更紅的。

一陣緊密的鼓聲，臺上盈盈地出現了一個俏麗的身影。看哪！仙女出來了！我的小仙女出來了！穿著黑色燕尾服的司儀伴著小仙女走到麥克風前，司儀做了一個很瀟洒的微笑，風度優雅的向臺下一鞠躬，然後用他那富有男性磁力的聲音宣佈說：「各位女士，各位先生：今天晚上的壓軸戲，我們特請今天第一次登臺的玉女歌星丁娜小姐為大家唱一首英文歌。丁娜小姐的國語歌曲諸位剛才已經欣賞過了，現在，請你們聽一聽她的英文歌。丁娜小姐今天要唱的歌名是什麼？」

小仙女微啟櫻唇，說了幾個字，王太太可是完全沒有聽懂。該死！唱什麼英文歌？難道你不知道你的老娘沒唸過英文？該死！早曉得英文這麼重要，我也像對門那位朱太太一樣去補習班學英文了。不過，人家朱太太才二十幾歲，年輕得很；我一大把年紀，舌頭都硬了，還去唸什麼書？不叫人笑掉了大牙才怪！

管他呢？聽不懂就聽不懂，只要是我的小仙女在唱歌就行。看！小仙女現在多漂亮！她現在燙了頭髮了，因為頭髮還不夠長，就買了一頂假髮。你看！那高聳在腦後的髮髻，完全是假的呀！戴了這頂假髮，她看來就像個大人的樣子了。她也裝了假睫毛，是經理要她裝的，他說每個歌女都要加意的打扮自己，在燈光下不濃粧是不行的。儘管她的頭髮和睫毛都是假的，儘管她的臉上塗滿了各式各樣的化粧品，但是我的小莉還是美麗的。你看她的眼睛多明亮，鼻樑多挺，小嘴多俏！人家都說她像我。是嘛！我現在雖然瘦，年輕的時候可也是個美人兒，否則怎生出這樣標緻的一個女兒呢？

小莉這身橘紅色的鑲珠旗袍又花了我一千多元，你看她穿起來身材多苗條多好看！唉！貴是貴了一點，有什麼辦法？去借呀！這叫下本錢！很快就會還本的，還會帶著利息，滾滾而來。

小莉，不，丁娜在臺上唱著扭著，嘴角帶著甜甜的微笑，一雙圓溜溜烏黑黑的眼珠子也是到處瞟呀瞟的。王太太把原來就長的脖子伸得長長的，不斷地用雞爪似的手指在整理著硬得像一頂鋼盔的頭髮，希望吸引小莉的注意，好讓她知道母親在這裡；但是，不知道是不是因為臺下的燈光太暗，看不清楚，小莉的目光始終不曾停留在她那邊。

王太太有點失望，隱隱有著被遺棄的孤獨的感覺。在無聊中，她的目光就跟緊了小莉的。跟了幾次，她忽然發現，小莉的眼波，總是落在坐在第一排中央的那幾個人身上。

他們是誰？是小莉認識的人嗎？王太太好奇地特別注意那幾個人一下。她看得出，那幾個都是有錢有地位的人，年紀都不小了，但是，全都頭光臉淨、西裝畢挺。他們全都抬著頭聚精會神的在聽小莉唱歌，而且，一雙雙貪婪的目光似乎都在緊緊地盯住小莉洋溢著青春活力的胴體。

啊！貪婪的目光，緊緊地盯住小莉洋溢著青春活力的胴體。王太太忽然感到害怕起來。有著這種貪婪的目光的，又何止那幾個人？全場的男人，又何獨不然啊！小莉還是個純潔的少女，她這麼年輕，我就把她送到這種聲色場合裡，那豈不是送羊入虎口嗎？啊！我為什麼會那樣做？我是不是想錢想得昏了頭？

王太太想起了半個月前的一天，老頭子上班去了，孩子們也全都上了學，只剩下她一個人在家無聊地在看電視中的歌仔戲。

忽然，有一個陌生的男人來找，自稱是玫瑰歌廳的李經理。一聽見是歌廳的經理，敏感的王太太就喜上眉梢，她慇懃地倒茶奉煙，請李經理坐下。果然，李經理立刻就開門見山的說了：「我在電視上看過好幾次你們小姐唱歌，唱得真好！不知道小莉小姐將來是不是有意從事以唱歌做職業？」

「啊！我們小莉還小，她還是個學生。」王太太故意這樣說。

「王太太，十八歲不算小，有些歌星十六歲就登臺了。」

「可是小莉還在唸書，她的學校不會答應的。」人家還沒有提出來，王太太就先這樣暗示著。

「學校不答應有什麼關係？學校重要還是前途重要？王太太您大概也知道，現在大學畢業生找不到工作的多的是；可是，一個歌星每個月的收入卻可以抵得上公教人員薪水的十倍幾十倍呀！」李經理微微笑著，卻還沒有說到正題。

「不過……」王太太在沉吟著，其實，她心中早已答應了。她想：我對貧窮的日子厭倦了，我討厭住破舊的小房子，我討厭穿舊衣服，我討厭量入為出的斤斤計較；結婚以後，我苦了二十年，現在，女兒長大了，可以賺大錢了，該是我們改善生活的日子到了吧？「不過，這件事我還得跟我的先生商量過；再說，我的女兒本人，還不知道她同意不同意呢？」

「那當然！王太太，假使王先生同意了，我們歡迎王小姐來給我們玫瑰歌廳增光。這是我們的電話號碼，」李經理遞上一張名片。「請隨時跟我們聯絡。」

會說話的李經理走了，王太太卻仍然坐在那裡發呆。那不是在做夢吧？啊！有人要來請我的女兒當歌星了，我們一家可交上好運啦！

那天晚上，老頭子和小莉回家了，王太太就立刻迫不及待的把這個好消息告訴他們。但是，老頭子卻搖搖頭說：「要小莉去當歌星？不，我們還不至窮到這個樣子哩！」

「媽，學校會不答應的，而且我還有半年就畢業了，要退學不可惜嗎？」

小莉也這樣說。

「哼！你們懂得什麼？」王太太氣沖沖的指著老頭子。「死鬼！當歌星又有什麼丟人？你這麼一個大男人一個月只賺一兩千塊錢那才丟人哪！你不要管我，女兒是我生的，我有權命令她、支配她。小莉，你聽我的話，你那個破學校沒有什麼了不起！你有一副好歌喉不去利用那才可惜哪！你當了歌星，將來一個月可以賺幾萬塊錢，不是比人家大學畢業的還強過多嗎？」

老頭子沉默不語，因為他一向都是聽命於「能幹」的妻子的。小莉也沉默不語，因為她對讀書並沒有興趣。

就這樣，在王太太的一手經營之下，小莉終於變成了丁娜，而她今夜的成功，也證明了王太太的安排是完全正確的，可是，就在剛才，從那幾個男人的目光中，王太太彷彿看到成功背後的陰影，她不禁瞿然。

美麗的小仙女唱完了，她盈盈含笑，款擺柳腰，向臺下觀眾作了一個優美的鞠躬姿勢，一雙靈活的眼睛卻是溜溜地對著那幾個衣冠楚楚的紳士轉。就在這時，全場轟然的響起了春雷似的掌聲，燈光復明，已到了散場的時候。

王太太趕緊站起身來要到後臺去，但是，場中的人太多了，擠來擠去，半天都走不過去。好不容易，等到人少了一點，她穿過幾排座位，正要走向後臺時，卻看見小莉跟幾個男人且談且笑的從裡面走出來。王太太連忙大聲的叫了起來「小莉！小莉！媽在這兒哪！」一面說著，一面就向小莉跑過去。

「媽，你在這裡做什麼？」小莉看見了她，馬上噘起小嘴，露出了不悅的表情。

「媽來接你回家呀！」王太太的瘦臉上煥發著慈愛的光輝。

「人家又不是小孩子，誰要你接嘛？媽，你快回家去，我還要跟馮董事長他們去吃宵夜哩！」小莉說著，頭昂得高高的，就闊闊闊地開步走了，那幾個男人也立刻跟在她身後。王太太這時才看清楚，圍繞在小莉身邊的就是剛才坐在第一排的那幾個西裝畢挺的男人。

觀眾都已離去，偌大一個歌廳立刻變得冷清清的，只有兩三個打掃工人在收拾。他們不知道這裡剛才曾經發生了一次小小的悲劇，都在好奇地瞪著還站在那裡發愣的王太太。

韓教授的年輕妻子

韓教授坐在室隅那張大沙發上，右手握著叼在嘴角的煙斗，左手擱在沙發扶手上，兩條長腿姿勢優雅地交叉著。他那梳得一絲不亂的黑髮在燈下閃著光，黑框眼鏡後面的雙眼含著笑意，咬著煙斗的嘴唇也微微咧開，擺出了一副很高雅的笑容。他那身藍灰色的西裝質料上等而考究，腳上的高級皮鞋擦得雪亮。總之，他給予人的印象就是一個教授的樣子，一個年紀不大的、風度極佳的教授的樣子。

不知道是電唱機中播出的瘋狂的熱門音樂吵得他受不住，還是他那個姿勢擺得太久感到疲倦，韓教授眼裡和嘴邊的笑容漸漸消失了。本來輕鬆地擱在扶手上的左手握成拳狀，雙腿直直地伸了出來，整個身體也歪斜地陷進沙發裡。

正在瘋狂地跳著扭扭舞的客人，包括韓太太在內，誰也沒有注意到他們的男主人在表情上和姿勢上的變化。音樂是原始的，他們的舞姿是幼稚的，而他們的心境也變得年輕起來，彷彿又回到高中和大學的時代。

唱片又換了一張，不知有誰在喊：「韓教授，來跟我們一道玩嘛！」

「得了，他不會跳的，他只會跳慢四步，他的興趣還停留在二三十年前那些玩藝兒上面。」是韓太太在回答。此刻，她正在跟一個以前的男同學在對舞，兩個人的手像在拉著毛巾擦背，腳又像在踩熄地上的煙蒂，姿勢惡劣而可笑，但是他們都玩得很開心。韓太太穿著一件套頭的淺粉色薄毛衣和一條米色窄裙，顯露出一身玲瓏的曲線，看來還像個大學生的模樣。

她在諷刺我，說我不是這個時代的人。韓教授抽出了嘴巴裡的煙斗，緊緊抿著雙唇，悻悻然在想。這種簡單的舞步，以為我不會嗎？我只是不屑一跳而已，要不要我跳給你看看？他把身體坐直，就想站起來。正在這一剎那，他看見了客人中有一個身體相當胖的，跳得非常吃力，舞姿比任何人都要笨拙而難看，於是，他又廢然地重新陷進沙發裡，兩道濃眉也不自覺地微微蹙了起來。

他想起了幾年前看過的一部片子「金屋春宵」，扮演中年人的洛赫遜為了不服「老」，硬要參加一群年輕小夥子的舞會。他們跳的就是扭扭舞，大個子洛赫遜的舞姿拙劣得使人笑痛了肚皮。那個鏡頭給予他以極深刻的印象，從此他緊緊記住：切莫做那些與自己年齡不配的事，那是很可笑的行為。

只是，我為什麼會娶了一個比自己年輕二十歲的太太，這不也是一件很可笑的事嗎？當然，他娶梁小竹並不是完全主動的，她也在追求他，這是大家都看得出，而她後來也承認的事實。

記得，當他第一次約會她的時候，她就毫不羞澀的，大大方方地表示了她對他的觀感。他們在一家餐廳裡吃飯，她忽然停下筷子，側著頭，愛嬌地望著他說：「韓教授，跟你一塊兒出來玩好神氣喲！大家都在注意你哩！」

「注意我？為什麼？」他吃驚地立刻摸摸頭髮和領帶，以為自己在儀表上有什麼不妥當的地方。

「因為你很帥，我發現好些女孩子在偷偷看你。」看見他的緊張勁兒，梁小竹不禁抿著小嘴了。

「啊！原來如此，你在開我的玩笑！有誰會注意我這個老頭子呢？人家注意的應該是你呀！」他啞然失笑起來。他長得很好看，這是他自己早已知道的；可是，一個四十出頭的男人就是再漂亮也比不過二十歲的少女，何況，梁小竹又是那麼豔麗？

他就是因為她長得美纔注意到她的。他第一次到這家大學來上課，教的是「現代美國小說」，他剛從美國回來不久，這正是他拿手的課程。她是外文系三年級的學生，他在點名時就已發現了她的美。過去十幾年來，他一直耽在國外，不知怎的，對西方女性始終不感興趣，而所遇到中國少女，不是已經名花有主，就是不合他的條件，所以，蹉跎至今，還是光棍一名。

終於遇到我的意中人了，這個女孩子的美是不流凡俗的呀！他第一眼看到她，就暗暗地心花怒放起來。梁小竹的美揉合了東方的嫻靜嬌柔以及西方的明媚活潑，正適合這位留美的文學碩士的口味。

可是，我們之間的年齡是不是距離得太遠一點呢？二十年，剛好是一代，假使我像父親那樣早婚的話，女兒也跟她一樣大了。

他還在躊躇，而梁小竹已開始給他暗示。在堂上，她總是含情默默地注視著他；課外，她比誰都更喜歡執經問難。教授心動了，嘗試著向她約會，而她竟爽快地答應了他。

我是幸福的，娶到了這麼漂亮的太太；莫說所有教授的太太群中沒有人比得上她，就是我所看見過的女人中亦沒有幾個人有她美，何況，她又是那樣愛我？

韓教授抬起眼皮，望著正在酣舞中的妻子。不知何時，這群比他年輕了一二十歲的男女已換了一種舞步。一個他以前教過的男學生正親暱地摟著梁小竹的纖腰，兩人一面跳一面說說笑笑的，好不熱絡！

一陣怒火猛然升起，韓教授頓時失去了原來優雅的風度，他陡地站了起來，沒有跟任何人招呼一下，就衝過那群正在酣舞中的青年男女，走進書房，砰的一聲把門關上。

他氣沖沖地坐到書桌面前，書桌上擺著那個鍍金鏡框中梁小竹的照片正巧笑倩兮地望著他，他忿忿地把它覆在桌面，一邊狂吸煙斗。

這就是「做那些與自己年齡不相配的事」——娶少妻的結果。我實在不該答應她開舞會的。

一個多禮拜以前，那個微涼的初秋早晨，他們兩個人都早已醒了，卻還躺著不願起來，就是為了要多享受一刻溫柔。她的頭枕在他的臂上，大眼睛望著天花板，不知在想些什麼。一會兒，她轉過頭來，仰臉問他：「震遐，九月一日是什麼日子？你知道嗎？」

「九月一日？不知道。」他順口回答。

「不准說不知道，你再想想。」她用手扯住他的一隻耳朵。

「九月一日？不是你的生日，不是我的生日，也不是開學日。是不是有誰要請我們客呀？」他皺著眉頭苦思著。

她忽地把他的手臂推開，一個大翻身，立刻生氣地背向著他。「你這個人最壞了，這麼重要的日子都記不得，還口口聲聲說什麼愛我？」她噘起小嘴嘟囔著。

「我的好太太，你就饒了我吧！我這個人就是這樣：漢明威、福克納、薩洛揚這些人的生平與著作我全記得清清楚楚，偏偏自己的瑣事就記不住。你乾脆告訴我不就得了，何苦要我瞎猜，猜不著你又生氣呢？」他趕緊從後面把她一把抱住，巴巴地向她求情。

「這纔不是瑣事哩！我看你根本就對這個家沒有興趣。」她仍然背著他。

「這是什麼話嘛！小竹，你別亂冤枉人好不好？」他急急地分辯著，一面吻著她裸露的肩膀。

「告訴你吧！九月一日是我們的結婚週年紀念，你居然記不得，這是不是證明你對我不重視呢？」她轉過身來，依然用不怎麼友善的聲音說，其實，她早已不生氣了。

「啊！我真該死！怎麼會忘記了呢？去年這個時候，我還對自己說：你這個糊塗蟲，明年今日可別忘了給小竹買一件禮物啊！想不到居然忘了。我的小妻子，謝謝你提醒我，我一定要買一件名貴的禮物送給你。」他把她摟在懷裡，高興得把她吻了又吻。

「我不要禮物，我要好好的請一次客。」她把臉貼在他的胸前。

「要請客，可以呀！無論如何，我禮物還是照送的。」他撫摸著她蓬鬆的頭髮。

「我還要你答應我一件事。」她撒嬌地說。

「是不是要我請假陪你出去玩一天？」他自以為很聰明。

「不是，你要答應在飯後開舞會。」

「小竹，你知道我是討厭跳舞的。」他有點為難。

「可是，你不想想我不跳舞有多久了，為了你不喜歡，我把所有的邀請都拒絕了；現在，你就不能為我犧牲一次？」她又扯著他的耳朵，這就是她威迫他答應的表示。

「好吧！我答應你。不過，我聲明在案，我這個老頭子是絕對不跳的啊！」他終於豎起白旗投降。

「什麼老頭子啊？你的樣子這樣年輕，人家都說你只像三十幾歲，我還擔心會有女學生向你追求哩！」她灌了他一碗迷湯。

「你這個女學生不是就把我追求到手了嗎？」他用兩隻指頭使勁地捏住她的鼻子。

「死相！你壞！」她用搔癢來還擊。

於是教授與教授夫人變成了兩個頑童，在床上滾作一團。

不知道什麼時候，他的眼睛被人從背後用雙手蒙住，他知道是誰，可是故意不去理會。那雙手縮了回去，一個溫暖而柔軟的軀體就坐到他的大腿上，一陣香水的芬芳，直衝他的鼻管。

「怎麼？吃醋了？」一雙溫柔的手鉤上了他的脖子。

「當然！我妒忌那個人。」他板著臉說。

「誰叫你不跳嘛？」

「你不是說我只會跳慢四步嗎？」

「哎喲！我的先生，算了吧！這是什麼時代，太太跟她的男同學們跳跳舞也要吃醋，虧你還是個留學生呢？別生氣了，明天我燉隻大蹄膀給你吃。現在，請你幫忙再去拿些飲料出來好不好？」梁小竹從他身上站了起來，吻了他的面頰一下，像哄孩子似的對他說。

「好吧！小妖精！」他在她圓圓的臀部上打了一下。「可是，你得記住：不准再跳剛纔那種舞。扭扭舞雖然難看，卻是比較不容易引起做丈夫的人的妒火呀！」

梁小竹嬌笑著跑了出去。望著妻子輕盈苗條的背影，韓教授又想起了一件事。他送給妻子的結婚週年禮物是一套最時興的旗袍料——淡紫蘿蘭色的旗袍，配著同底而有紫色小花的短外套。他喜歡妻子穿旗袍，那樣會使她顯得成熟些，也好跟他更相襯。本來嘛！一個剛從大學畢業的二十二歲女孩子，做主婦是未免太早一點。

她很喜愛他送她的禮物，也回送了一條天藍色的真絲領帶。她把衣料送去做了，昨天剛取回來；但是，今天宴客她卻沒有穿出來。他問她為什麼不穿新衣服，她說，穿毛衣和裙子跳舞比較方便。「而且，」她又補充了一句：「我不願意在我的同學面前打扮得那麼老氣，他們都還沒有結婚，我何必顯得與眾不同呢？」

想到這裡，他搖搖頭站了起來，走到廚房去。女人就是這樣小心眼，誰不知道你年輕嘛？穿旗袍穿洋裝還不是一樣？

他打開冰箱，蹲下身去要拿果汁。就在這個時候，他聽見兩個女孩子邊說邊笑的走進了廚房隔壁的盥洗室去。她們的談話吸引了他，使他不得不利用冰箱的門作為掩蔽，作了一次竊聽者。

他聽見一個女孩說：「你說今天晚上這個舞會中哪一個男士最出色？」

「當然是我們的男主人囉！他真是 Tall, dark and handsome，梁小竹不知幾生修到！」另外一個回答。

「Tall and handsome 倒是真的，dark 則未必。我覺得他頗有點 Gary Grant 的風度哩！」

「我的小姐，瞧你說得多認真！敢情你也對他著迷了，是不是？」

「別瞎講，當心被梁小竹聽見，打翻了醋瓶。」

「說真的，找丈夫還是找年紀大一點的比較好，你看韓教授對梁小竹多體貼呀！」

「好呀！你不打自招，原來你自己才是看上老頭子！」

「死鬼！你再亂說看我打不打死你？」

兩個女孩在盥洗室中笑鬧不停，他乘機捧著幾瓶果汁趕緊就往外溜。走在甬道上時，他開心得忍不住吹起口哨來。

舞會的男主人又恢復了優雅的紳士風度。他慇懃地招呼客人們來拿飲料，然後，又坐到室隅那張大沙發上，右手握著叼在嘴角的煙斗，左手擱在沙發扶手上，兩條長腿悠閑地交叉起來。微笑著看著他那些年輕的朋友跳舞。

唱片換了一張，音樂的節拍也變得不同起來，他發現有幾對舞伴已開始摟腰貼臉。小竹卻在這個時候溜到他的身邊，坐在他那張沙發的扶手上，把整個身體靠在他的身上。

「你為什麼不跳了？」他伸手過去環抱著她的腰，仰臉問她。「怕你又吃醋嘛！」她咬著他的耳朵。

他把她擁緊一點。「你真的怕我生氣？」

「當然哪！你為什麼還要問呢？」

「小竹，你今天快樂嗎？」他閉起眼睛深深吸了一口她身上香水的芬芳。

「太快樂了！震遐，謝謝你給我開這個舞會。」她把臉貼在他的頭上。「你也快樂嗎？」

「我也很快樂，因為我娶了一個年輕的妻子。」音樂熱哄哄地在四周響著，風度高雅的教授開始搖擺著身體。「我忽然想跳舞起來了，小竹，你來教我好嗎？」

芙蓉

那天，我放學回家，一腳跨進轎廳，就被一個陌生的側影吸引住。原來針線媽梁嬸每天坐著縫衣服的位置上，換了個十六七歲的女孩子。她的臉龐好白好細啊！一條油亮烏黑的辮子甩在胸前，辮梢上繫著個紅色蝴蝶結，顯得她那一身雪白的竹紗短衫褲更加潔淨。

「她是誰？」我呆呆地站在門口凝視著她，在心中自忖。

正在低頭縫衣的她發覺有人進來，微微抬頭看我一眼；當彼此目光互相接觸到時，我竟然羞得滿臉通紅，拔腳就往裡面走。廚房裡冒出陣陣煎鹹魚的香味，我嚥了一口口水，衝了進去。

「月婆，有沒有東西吃？我餓。」我叫著說。

月婆蹲在一隻矮櫈上，正戴著老花眼鏡拿著個小鑷子在揀燕窩的毛。她抬頭瞇著眼睛望著我說：「少爺，看你滿頭大汗的，還不趕快洗臉去？吃的東西倒是有，我給你熬了綠豆沙，涼涼的，洗過臉再吃吧！」

「不，我先吃，人家又渴又餓的。」我打用紗櫥，捧起那一大碗綠豆沙，也不用湯匙，骨碌骨碌的一下子就喝光了。我舐著嘴唇問：「月婆，還有沒有？」

「沒有了，這麼一大碗還不夠？吃得太多會瀉肚子的呀！」月婆說著又轉向正在燒菜的阿金說：「少爺真是一天天的長大了，你看他，好像老是吃不飽似的。」

「可不是嗎？十八歲正是能吃的年紀啊。」阿金說。

「月婆，這燕窩是給誰吃的？」我蹲在月婆身邊又問。

「給誰？還不是給你爹和娘吃的？你爹，年紀大了，要吃補；你娘，打牌捱夜多了，也要補。少爺，你要不要吃？我給你留一點好不好？」說到了後面幾句，月婆悄悄的壓低了聲音。

「不要，燕窩有什麼好吃？老師說，燕窩才沒有什麼補呢！」我撇撇嘴，不屑地說。

「唉！你就只懂得老師的話。燕窩沒有補，為什麼那麼貴？你快點去洗臉呀！馬上要開飯了，回頭太太知道你又躲在廚房裡，又會罵你了。」

「月婆，坐在轎廳中縫衣服的那個女孩子是誰？」我站起身來問。

「她是梁嬸的女兒，梁嬸今天病了，她來替梁嬸做工。」

「哦！」我應了一聲，走出廚房，到天井去洗臉。冰涼的井水使我的臉感到清涼，但不知怎的，心裡卻感到陣陣燥熱。

回到房間裡，我脫下制服，換上乾淨的襯衫，把制服的扣子扯下兩顆，拿著又走進廚房。

「月婆，我的鈕扣掉了，你給我縫一縫。」我涎著臉說。

「你這孩子瘋了？我正忙著，你不會拿去叫芙蓉給你縫嗎？」月婆頭也沒有抬。

「芙蓉是誰？」我故意問。

「就是梁嬸的女兒呀！快去，別妨礙我。」月婆用手推著我。

「我不認識她，她也不認識我，她不肯替我縫的。」

「你是陳宅大少爺，誰不認得？快去，少囉嗦！」

「不，月婆，你陪我去，你不去，我就把這碗燕窩倒翻，讓你挨罵。」我拉著她的手說。

「你這孩子，好沒良心啊！我把你媽奶大，又看著你長大成人，如今居然想害我！走吧！再不走，挨罵的恐怕是你而不是我了。」

月婆顛巍巍地站了起來，把那碗燕窩小心地收好，邁著小腳，就往前廳走。她走得倒很快，我蹦跳著走也不過是和她同時到達。

「芙蓉，這位是少爺，他制服的鈕扣掉了，你給他縫一縫。少爺，你以後有什麼針線要做，交給她就是。她年紀雖小，手工倒是很巧的。」

月婆說完了這幾句話，又邁著小腳走回廚房去。

芙蓉看了我一眼沒說什麼，拿起我的制服就縫。這一眼，使我想起了秋夜的星星。我痴痴地倚立桌旁，目不轉睛地望著她一雙白嫩的小手純熟地敏捷地為我縫鈕扣，直至她縫好了無言地交還給我，我發現她眼中含著微慍意，才醒覺到自己的失態。

我靦覥地拿了衣服轉身就走，本來編就了要想講的幾句話，全都說不出來，也都忘了怎麼說。

×××

月婆說我近來衣服穿得太髒，也太會麻煩人了。每一天放學回家，不是鈕扣掉了就是口袋破一個洞；不是衣服後背撕了一道縫，就是汗背心的帶子斷了；天天都有衣服給芙蓉補。月婆叫我少打球，免得損壞衣服；我卻巴不得現在是冬天。夏天裡最多只能穿兩件衣服，沒什麼可補的；要是冬天，大衣、外套、棉袍、羊毛衫，找芙蓉的機會才多哩！

不過，事實上，我現在找芙蓉的時間也夠多的了。她跟梁嬸一樣，除了中飯一餐以外，是不在我家吃住的，她早上來，黃昏時回去。每天，我放學回家，交一件衣服給她縫補，她往往在第二天早上縫好還給我。我們很少講話，頂多我說一聲「多謝」；但是對於我的注視，她不再生氣了，有時，甚至會紅著臉給我甜甜的一笑。

有一次我因打球晚了一點回家，在巷口碰到芙蓉，她正匆匆的趕回家去。

「芙蓉！」我第一次叫著她的名字，過去，我從來不曾叫過她。

「少爺，你放學了？」她低著頭說。

「芙蓉，你住在哪裡？」

「住在荔枝灣旁邊。」

「你家裡有什麼人？」

「只有我母親一個。」

「父親呢？」我心裡有著太多的話要問她。

「早就過世了。」

「哦！芙蓉，你母親的病怎樣了？」

「還是那樣，心氣痛不是一時能醫好的。」

不知哪裡來的勇氣，我看看巷子裡並沒有熟人，就對她說：「芙蓉，我和你一道走，我到你家去看看梁嬸的病。」

「啊！不，少爺，我家髒得很，你還是不要去。你去看病，我們做下人的可當不起。」

「我要去看她，梁嬸在我們家多年了，她對我很好，我應該去看她。」說著，我開步就走，荔枝灣是我最稔熟的地方，我不需她帶路；到了，她自然要讓我進去。

路程並不遠，十分鐘就走到了荔枝灣頭。我回頭一看，芙蓉也已嬌喘微微的趕到。我歪頭看著她，意思是問她哪一家。她無可奈何地指著前面結實纍纍但尚未紅透的荔枝林說：「我家就在那裡面。」

她引著我沿著堤岸走，穿過荔枝林側的小徑，在一株夾竹桃下，推開一扇竹籬笆的門，裡面是一間小小的木屋。屋前有個花圃，海棠、芍藥、夜來香、茉莉、劍蘭、美人蕉……，開得又芬芳又璀璨。

「噢！好美的花圃！」我不由得叫了起來。

「我原來就是個賣花女呀！」她向我嫣然一笑。

「你賣這些花？」

「嗯！本來我每天都提著籃子去賣花的，自從媽生病以後，我就不能去了。」

「你會種花？」

「這花圃是我父親遺留下來的，他在的時候，這裡才美麗哪！」

「太美了！美得就像這屋子的主人一樣！」我喃喃自語。「噢！你的名字叫芙蓉，這裡有沒有芙蓉花？」我環視著四周的花卉。

「有的，你看，這就是，不過，它要到秋天才開花。我是在秋天生的，聽媽媽說，我生下來那天這棵芙蓉開得正盛，所以爸爸就給我取名芙蓉。」她指著門前一株灌木對我說。天邊的落霞映著她的臉，粉嫩的兩頰彷彿抹了胭脂。

「這名字好極了，『芙蓉如面柳如眉，對此如何不……』」我信口吟出了李白的名句，但說到最後兩個字，又覺太不吉，就趕緊住口。

「你在說什麼？」她好奇地望著我。

「沒有什麼。芙蓉，你唸過書沒有？」

「我唸到小學畢業就沒有再上學了。家裡窮，沒辦法！」她幽幽地說。

「芙蓉，你在外面跟誰說話呀？怎麼不進屋裡來？」梁嬸的聲音在屋裡叫著。

「媽，我來了。」芙蓉應了一聲，轉對我說：「少爺，你不是要進去嗎？」

我跟著她走進屋裡，屋裡很暗，梁嬸獨個兒斜躺在一張帆布靠椅上。

「媽，少爺看您來了。」芙蓉走過去蹲在她母親旁邊，握著她的手。

「梁嬸，我是家駒。你的病好一點了沒有？」我站在門口說。

「啊！少爺，你快請坐，你來看我我真不敢當。芙蓉，還不快點點燈？倒茶給少爺呀！」

「芙蓉，你不要忙。梁嬸，我要回去了，下次有空再來看你吧！」我本來想跟芙蓉多談談的，但看到她母女倆手忙腳亂的樣子，又覺不忍打擾。說完了這兩句話，我立刻轉身走出木屋，離去時還順手替她們關上竹籬門。

家裡飯廳上，爸爸和娘已坐在那裡吃飯。我放下書包，垂手叫了他們一聲，走到我的位子上坐下。

「你到什麼地方去了，這麼晚才回來。」爸爸皺著眉問我。

「我——我在學校打球。」不知怎的，我竟撒起謊來。

「你年紀不小，馬上就高中畢業了，還不多用點功？以後不要貪玩了，知道嗎？」

「是，爸爸。」我恭敬地回答了，立刻低頭大口的扒飯，我是餓慘了。

「哼！今天真難得！居然看見你訓子。要不是你親眼看到，諒你也不肯相信你的兒子變得多野！」娘忽地冷笑一聲，兩片薄薄的嘴唇慢條斯理地一個字一個字地吐出這幾句話。

「娘，我做了些什麼？我怎樣變野呢？」我忍不住了，我大聲的叫著。

「你看你的寶貝兒子。」娘還是慢條斯理地說，她的眼睛沒有望著任何人。

「家駒，你怎麼愈來愈沒有規矩了？讓你的娘先說。」爸爸大聲斥喝著我。然後又對娘說：「他怎樣野法？你現在告訴我。」

「天天打球，天天都弄破衣服，這還不夠嗎？而且，每天打球打得滿身臭汗回來，和我坐在一塊兒吃飯，我真受不住。」娘說著，一邊用一方綉花手帕掩住鼻子。

「打球並不是壞事，我打球沒有妨礙功課，怎算得野？你嫌我臭，我以後不和你一起吃飯就是。」我站起來氣沖沖地說完了，一腳踢開椅子，就飛奔回到自己的房間裡。

我仰臥在床上。氣得肺都快要炸開，爸爸推門進來，扭亮了電燈，過來推著我的肩膀說：「家駒，起來！快向你娘賠不是去！」

「我不去！我沒有錯！錯的是她！」我任性地大聲叫著。

「家駒，你敢這樣對我吼？你到底去不去？」

「不去！不去！不去！」我的聲音更大了。

「真是逆子。」爸爸猛地給我一巴掌，悻悻地走了出去。

我撫著熱辣辣的臉頰，淚水慢慢地由我的指縫流了出來。我跳起身來，跪倒在床前的地面上，床頭壁上掛著那張放大照片中嬌小的女人正慈藹地望著我。

「媽！媽！你為什麼死得這樣早？你可知道你兒子現在正天天的受後娘欺凌著嗎？媽！媽！你回來呀！」

我力竭聲嘶地哭著叫著，終於因為太疲倦而仆在床邊睡著，也不知過了多久，我覺得有人在搖撼我的肩膀。

「少爺，醒一醒！你不能這樣在床邊睡覺呀！」一個蒼老的聲音在我耳邊叫著。

那是月婆。她用她粗糙起皺的手指乾我臉上的淚痕，扶起我來。指著桌上一碗食物對我說：「少爺，你剛才一定沒有吃飽飯，這是一碗蓮子粥，我偷偷給你熬的，你吃了，去洗個澡，再上床睡吧！」

我拿起碗，呷了一口，就皺著眉頭推開了。我的肚子是空虛的，但喉頭和胸口都似梗塞著什麼，無法下咽。

「唉！可憐的孩子！苦命的孩子！」月婆搖搖頭，捧著碗蹣跚的走了出去。

我的眼淚又繼續地落下來。

× × ×

娘約了幾位太太在家裡打牌，沒有跟我和爸爸一道吃晚飯。爸爸今天臉色非常開霽，吃過飯，我小心地說：「爸爸，期考快到了，我和幾個同學約好，想晚上在一塊兒溫習功課。」

「唔，這也好！」爸爸看著我說。

「我現在就去。」

「去哪裡？」

「就是去同學家嘛！」

「去哪一個同學家？為什麼他不來？」

「爸爸，是這樣的，他家比較近學校，大家都覺得去他那裡比較方便，所以我們就那樣決定了。」

「好吧！早一點回來啊！」爸爸沒有再追問下去。

我匆匆走了出去，一口氣走到荔枝灣頭。喲！好熱鬧！河上岸上全是人，垂著珠簾的畫舫一艘接一艘地緩緩而行；船娘的叫呼和著咿呀的槳聲，在晚風中聽來分外悅耳。

懷著忐忑的心我輕輕地推開了芙蓉家的竹籬門，她，還是穿著那身潔白的衣衫，正在花圃中澆花。看見我，似乎嚇了一跳，拿著噴水壺的手停止了動作，木然的站著。

「芙蓉！」我低低地叫了她一聲。

「少爺，你又要做什麼呢？」她的聲音是顫抖的。

「我……我……」我竟然期期艾艾說不出口。

「少爺，沒有事你還是不要來的好，人家會說閑話的。」

「我心裡悶得慌。」

我才說了一半，她就接了下去：「所以想來找我解悶是不是？少爺，你錯了。」

「不，不是這個意思。芙蓉，你不知道，我在家裡太寂寞了，沒有一個人可以跟我說話的，我喜歡你這個地方，喜歡這個美麗的花圃，偶然來玩玩，總沒有什麼不對吧？」

「當然沒有什麼不對，可是——唉！」她嘆了一口氣，又繼續去澆花。

「可是什麼；芙蓉，我來幫你忙好不好？」我走近她的身邊。

「沒什麼。少爺。你請到屋裡去坐吧！」她走開了一點。

「不，我不想到屋裡去，屋裡太熱了。」

「那麼你來就只為了站在這裡嗎？」她微微一笑，聲調也不似剛才那麼冷淡了。

「是的，如果你不趕我走的話。」我涎著臉說。

「好吧！那就請你站到我做完工作為止。」

在淡紫色的暮靄中，花影朦朧，幽香撲鼻；芙蓉雪白的身影在花間輕盈地移動著，這時我覺得她真像一朵白色的芙蓉花。

她澆完花，進屋搬了兩張矮櫈出來，又捧出一杯香茗，招呼我坐下。我說：

「我應該進去看看梁嬸。」

「不用了，媽已經上床，我已告訴她，你來了。」

我啜著熱熱的香茗，她低頭玩弄著辮梢的蝴蝶結，兩人久久無語。

「芙蓉，你不是說過你想讀書嗎？」我打破了沉默。

「想又怎樣？已經停學了那麼多年，現在這樣大了還讀什麼書？何況我們又沒有錢？」

「我可以教你。」

「真的？」她驚喜地叫著，但立刻又轉變了語氣說：「不，我不要你教，以後你還是不要來的好。」

「你是不是討厭我？」我不高興了。

「少爺，我怎敢？你忘記了我們是主僕的關係嗎？」

「芙蓉，在你的家裡，我求你不要叫我少爺，你也不是什麼僕人，你就叫我家駒好不好？」

「不，少爺，我不敢！」

「我說不要再叫我少爺了。」我忽然心煩得要命，不自覺地就大吼起來。她默不作聲，黑暗中我看不見她的表情怎樣。我不好意思地說：「啊！芙蓉，對不起，近來，我的心情很不好。」

她還是不說話。

我伸手輕輕搖著她的肩膀問：「是不是生氣了？」

她身體一扭，把我的手甩開。「請你離開。」她的聲音像在哭。

「芙蓉，你到底怎麼啦？為什麼老是趕我走？」我困惑了。

「就算你不把我當僕人看待，你還是不該來的，我說過我們是苦命的窮人。」

「好吧！既然你也認為不該來，那我就走。我知道，沒有一個地方是歡迎我的。」不知怎的，我今晚心情特別壞，聽見芙蓉再三的在下逐客令，心頭就有點發火，我悻悻的站起身來，開步就走。

「少——啊！不。你不是說要教我讀書嗎？為什麼就走呢？」芙蓉在後面叫住我。

聽見她那嬌喘喘的聲音，我的心不覺又軟了下來。我轉過身來，望著微光下她那張素淨的臉說：「怎麼？現在又不趕我了？」

「是的，因為我怕你生氣。」她低著頭說。

「原來你是為了怕我，那我還是走吧！」我假裝要離去的樣子。

「不，不，我還想你教我讀書。」她又急急的叫著。

「教你讀書可以，但我有一個條件。」

「什麼條件？你說吧！」

「叫我一聲哥哥。」

「不，我不要，你壞死了。」

「那麼叫我家駒。」

「我——我不敢。」

「沒有關係，我喜歡你這樣叫。」

「我還是叫你陳先生算了。」

「不要，我又不是老頭子。你答應不答應？不答應我可要走的了。」

「家駒——」她低著頭叫了，聲音細得像蚊子一樣。

「對了，這才是我的好妹妹。」我高興的想拉她的手，但她立刻把手收到背後去了。

「坐下來吧！你今天要我教什麼呢？」

「隨便你，你喜歡教什麼就教什麼。」

「那麼，我講一個故事給你聽好不好？今天沒有帶書來，也不能教什麼。」我想了一想說。

「好極了，我最喜歡聽故事的了。」她像個孩子般拍起手來。

「在三國的時候，有一個很美麗的女子，名叫甄宓……」這幾天，我們的國文老師正在教我們「洛神賦」，我很喜愛這個淒豔動人的故事，更喜愛曹植這首辭藻華美，感情充沛的作品。我在講述甄宓與曹植兩人之間的戀愛經過時，更滲入了自己的感情和幻想；不知道是我講得夠生動呢，還是芙蓉太過多愁善感，到最後，她竟低低地哭了起來。

「啊！芙蓉，對不起！我以後不再講這種悲傷的故事了。」我抱歉地對她說。

「不，我喜歡聽，我要你每夜都講給我聽，愈悲愈好。」

無數個美麗而哀傷的故事和詩歌連結起我和芙蓉之間美麗的夜晚。「長恨歌」、「琵琶行」、「圓圓曲」、文姬出塞、昭君和番、西施和范蠡、卓文君與司馬相如……，歷史上多的是愛情故事，一夜復一夜，芙蓉聽得著了魔；她每一次都聽得流眼淚，但也都要求下次再講。每夜，我藉口和同學們溫習功課，一吃過晚飯就溜到芙蓉的家裡。荔枝灣頭的晚風清涼，院子裡散發著陣陣清香，我和芙蓉在暮靄中，在月光下，在星光下對坐著，沉醉在古人的羅曼史中，不知不覺渡過了我的畢業試，渡過了我中學階段最後一個學期。

× × ×

有一天的晚飯桌上，空氣有點異常，爸爸一直鐵青著臉，一言不發。娘的表情很怪，似笑非笑的，凌厲的眼神不時掃射在我的面上和身上。我心裡懷著鬼胎，更是忐忑不安，草草扒完兩碗飯，就想往外走。

「站住！你想到哪裡去？」像平地一聲雷似的，爸爸吼了起來。

我立定，背向著他。

「到我的書房去站著，等我吃完飯再來收拾你。」爸爸又吼了一聲。

我像個機械人般走向爸爸的書房，我知道，一切都完了。

一會兒，爸爸走進來了，娘也跟在後面，還帶著那副似笑非笑的表情。

爸爸坐在他書桌後面的旋轉椅上，打開抽屜拿出一張印刷品，劈頭劈腦的就向我摔過來，一面又大聲吼著：「看呀！看你的好成績！」

我閉著眼舒了一口氣，還好不是為了芙蓉的事！我彎下腰從地上撿拾起那張成績單，天！兩項赤字：數學五十分，地理五十五。其他各科的成績也低得驚人，除了國文、美術和音樂，沒有一科在七十分以上。

「告訴我，這些日子你每晚往哪裡去野？居然兩科不及格！要是補考也不及格，就不能畢業，你說丟人不丟人？我還有面目去見親戚朋友嗎？」爸爸氣得連聲音也發抖了。

「爸爸，我的確是到同學家裡去。」

「那麼為什麼考得這樣壞？你以前每科都是八九十分的。」

「我也不知道，也許是因為題目太難，也許是這兩科我沒有溫習好。」我訥訥地分辯著。

「不要騙爸爸了，恐怕是有了女朋友了吧？是嗎？」娘在一旁插嘴了。

「娘，沒有的事，你不要隨便誣賴我。」我憤怒地盯著她說。

「住嘴！你怎麼可以對你娘這樣無禮？」不知什麼時候起爸爸手裡已倒握著一把雞毛帚子，他把籐條重重地鞭在桌子上，發出很大的響聲。「不管怎樣，我先教訓你一頓再說。」爸爸走到我面前，大喝一聲：「把外衣脫掉！」

捱籐鞭子已是多年前的事了，最後一次是在小學五年級時因為逃學捱了一頓，那種皮肉之痛我至今忘不了，但我決定咬緊牙根，不在娘面前哼一聲。

「霍，霍，霍……」籐條一下一下落在我裸露的臂膀和肩背上。爸爸顯然是怒不可遏，力用得很猛，而且一邊抽打一邊厲聲的喝罵：「生出這種沒有出息的兒子也算是前生作孽。我警告你，如果你補考再不及格，你休想讀大學，我沒有那麼多的閑錢給你浪費，你準備到店裡去學生意好了。哼！我看店裡的王掌櫃也不見得歡迎你，這種不求上進的青年人他才不高興教啊！」

我站得直挺挺地，無言地接受爸爸給我的鞭笞。我的內心很矛盾，一方面以自己成績低落而羞恥，但一方面又覺得自己沒有錯。每夜去給一個失學的女孩子講故事難道有什麼不對麼？

爸爸大概打得累了，自動的罷了手，把雞毛帚子丟在地上，頹然的坐了下來。

「好啦！好啦！打也不是個辦法，你要想法子讓他補考及格才行呀！」娘在賣順水人情。

「從現在起，我要把你鎖在房間內，除了吃飯，不准出房門一步，直到補考完為止。如果你不怕死，再不好好用功，你的皮肉還有得痛。」爸爸已沒有氣力吼叫了，不過，這次的聲音卻低沉得怕人。

「好啦！那你就穿上衣服吧！」娘又做好做歹的把衣服遞給我。

我一手把衣服搶過來穿上，沒有理她。我正等著爸爸下「聖旨」放我回房，娘又開口了，她對爸爸說：「我看，從明天起，把芙蓉那丫頭辭掉算了，我看她常常和家駒眉來眼去的，也不是好東西，說不定是她把家駒惹得心野了。」

爸爸還沒有回答，我就搶著說了：「娘，你又誣賴人了，我和她並沒有什麼，你怎可以無緣無故開除她？」

娘走到我面前，拍的打了我一巴掌，指著我罵：「你真大膽！口口聲聲說我誣賴，你愈幫她，我偏要把她開除怎麼樣？」

「哼！我本來也不一定要把芙蓉開除的，但你對娘這樣沒有規矩，我就決定開除她，算是對你的懲罰。還有，在被罰期間內，連吃飯你也不能出來，我會叫人送飯給你。現在，回到你的房間裡去，我要親手給你下鎖。」本來已經快要息怒的爸爸又再氣得渾身發抖，他一面罵，一面拍著桌子，他拍的那麼重，每拍一下，我都被嚇得一跳。

娘把書房的門打開，爸爸像押解犯人般把我押進我的房間裡，沒有再說一句話，「得」的一聲，他在我的房門外下了鎖。

這一次，不知為什麼我竟沒有哭泣；我只覺得很疲倦，腦袋沉重得像在生病，背上臂上的鞭痕也隱隱作痛。我茫然地倒在床上，注視著牆壁上媽的遺像，她溫柔的眼睛撫慰著我，我的眼皮慢慢地闔上……睡夢中，我和芙蓉在荔枝灣上泛舟。

× × ×

我醒來已很晚，快九點了，沒有人送早點來，外面也一點聲息也沒有。我們這些舊式屋子沒有窗戶，門一關上，就完全與外界隔絕了。爸爸一定是把鑰匙放在他自己身上，假如他要叫人送飯的話，也一定要等到他起床以後；他是遲起慣的，天呀！我的肚子可等不了！要是月婆送飯來就好了，我可以向她打聽芙蓉的消息。既然已被關起來，我還是利用這時間好好溫習吧！我不是怕罰，我的確也怕不能畢業。我是準備要升大學的，如果可能，大學畢業以後還要到外國去；真要我去學生意的話，那我是寧願不要活的。

我打開課本，端坐在書桌前，可是一個字也看不進去。我諦聽著外面一切的音響，希望分辨得出外面發生的每一件事，然而，我失敗了，外面仍然寂靜得像深山古寺一般。

十點以後，門外有人在開鎖；我屏息靜氣的等待著，門打開了，果然是月婆。她手中挽著一串食盒，進來後順手就把門關好。我高興得跳起來抱著她，她卻把我推開了。

「可憐的孩子，怕不餓壞了，快點吃吧！咳！誰叫你不聽話呢？又誰叫你的媽死得那麼早？」月婆的聲音像在哭，我奇怪地細看她多皺的臉，果然佈滿淚痕。

「月婆，哭什麼？我好好的，餓死不了。」我笑嘻嘻地說。

「唉！你這孩子還不懂事，虧你笑得出！快吃吧！你看，我給你燒了好吃東西。」月婆把食盒放在桌子上，一格一格地給我打開。呀！有魚片粥、叉燒包，還有兩樣小菜。

「今天為什麼吃得這樣好？」我問。

「魚片粥是你爸爸和娘的早餐，我多煮了一點留給你；叉燒包是我買的，小菜是昨夜剩的，我怕你不夠飽，都給你拿來了。你快吃吧！等中午我再來收；不然，你爸爸看見我和你說話會罵我的。」月婆說著就要出去。

「月婆，你太好了。呃！芙蓉是不是被辭退了？」我拉著她的衣角又問。

「嗯！太太一早就把她辭掉了，也不說明理由，害得芙蓉哭哭啼啼的，她說她媽的病愈來愈嚴重了，她又沒有工做，將來日子怎樣過呢？唉！」

留下一聲悠長的嘆息，月婆走了，門又被鎖上。想到芙蓉不幸的遭遇，本來飢腸轆轆的我已變得胃口全無。勉強地嚥了幾口粥，我開始寫信給芙蓉，我安慰她，並且把我被「囚」的經過告訴她，要她勇敢地面對現實，等我出來再給她想辦法。

信寫好，我準備等月婆中午來時托她去付郵；但是，中午送飯的是阿金。這一定是娘曉得月婆和我的關係，故意不讓她送，那我怎麼辦呢？

月婆到第二天上午才來，我問她為什麼。她說：太太叫誰送就誰送，她也沒有辦法。我把要寄的信交給她，沒有說明是給誰的，只是吩咐她不能讓人看見。

被囚的命運已經注定，芙蓉也已被開除；在這種情形下，我除了接受現實安排，潛心溫習，還有什麼辦法？一天、兩天、三天……，我的確做到了埋頭苦讀的地步；不過，我的心情卻無法寧靜；天氣愈來愈炎熱是一個原因，思念芙蓉是另一個原因。另外一個原因我也說不出，我下意識地感覺到空氣中有什麼不對，異樣的沉寂，彷彿是暴風雨的前夕。

補考的日期馬上就到了，一個早上，我還沒吃到早餐，正坐在書桌前溫習呢！忽然，一陣巨大，淒厲，刺耳的聲音劃破空間；接著，外面就起了雜沓的腳步聲，還聽見有人說：「空襲警報！日本飛機要來轟炸了，快逃吧！」

我擂著門，叫人放我出去。立刻，我聽見月婆用顫抖的聲音回答我：「少爺，我知道了，我在等老爺下樓呀！」

過了一會兒，門被打開了，爸爸站在門外，面色因為驚慌而泛白。他說：「出來吧！說不定等一下炸彈就落到我們頭上哩！」

一家人都集中到大廳上來了，我們附近沒有安全的防空洞，所以大家都沒有逃。細軟和隨身衣物每個人都收拾好，緊緊地抱在身上，只有我是空手的。

「爸爸，日本飛機怎麼會無緣無故來轟炸的？」我問。飛機聲在頭頂上隆隆的響著，雖然還未扔炸彈，但已夠大家驚嚇的了。

「已經在打仗了，這幾天你沒有看報，所以不知道。」爸爸無精打采地回答我。

「已經打仗了？我們和日本？」我驚叫著。爸爸點點頭不再理我。

我走到爸爸的書房去翻閱我被囚後的舊報紙，才知道我國已正式對日宣戰了。我細讀報上的記載，日本軍隊的橫蠻無理使我熱血沸騰，立刻，我對我的前程作了一項新的決定。

由於空襲，我提前被「釋放」了，不過，我還沒有外出的自由。戰局愈來愈嚴重，戰火也一步一步的由北方蔓延到南方；貼著紅色膏藥的日本飛機不時來騷擾廣州，丟過了幾次炸彈，嚇得人心惶惶，有辦法的人家都逃到香港和澳門去。

補考的通知始終沒有寄來。

有一天爸爸通知我，幾天後我們就要往香港去，叫我準備準備。晚上，等爸爸和娘入睡以後，我吩咐月婆在轎廳上等著給我開門，就偷偷地溜到芙蓉的家裡去，我對我的新決定又有了改變。

街上很靜，荔枝灣上尤其冷清得驚人。我輕輕推開了芙蓉家的竹籬門，在花圃中低低喚著她的名字。

窗口裡沒有燈火，我猜想她已經上床；可是，她很快就開門出來。在微弱的光線下，我看見她一臉憂傷。短短不到半個月的分離，我竟有著隔世之感，陣陣心酸，我真想抱著她痛哭一場。

「芙蓉，你還好嗎？對不起，一切都是我害你的。」我哽咽著說。

「別這樣說，我倒覺得是我害你的。家駒，你今天怎麼能夠出來？是老爺把你放了嗎？」她凝視著我說。

「芙蓉，我怕我不能再見到你了，爸爸要帶我們到香港去。」

「你們應該去的，這裡太危險。」她低著頭小聲地說。

「不，芙蓉，剛才那句話我是試探你的，我不要跟爸爸到香港去，我要帶你走。」

「什麼？你要帶我去？到哪裡去？」她驚叫著。

「我們可以到任何一個地方去，我要和你結婚。」我大膽地說出了我的心願，馬上感到臉上熱辣辣的。

「不，我不能跟你走。」她的聲音平靜得出奇。

「為什麼？」

「我的母親病得很重，我不能丟下她。」

「我們把她也一道帶走。」

「家駒，不要做夢了，你只是個孩子，你怎有能力負擔三個人的生活費，何況還有一個是病人？你快點回去吧！回頭又要挨罵了。」

「我不管，芙蓉，我要你答應我，我去拉車也要想辦法養活你們。」我使著性子。

「家駒，你不要這樣說，這樣說，會使我們損壽的。我說過我們是窮人，配不上你，你還是跟老爺到香港去吧！」

「芙蓉，難道你真不想和我在一起？你不想聽我講洛神、楊貴妃和卓文君的故事？你答應呀！」我急得直跺腳。很想去拉她的手，要她答應，可是我不敢。

「我想！我想！不過，媽怎麼辦呢？你不要迫我呀！」她的聲音顫抖著，我想她快要哭了。

天黑得怕人，四周一片死寂，我想起月婆還在等著給我開門，就說：「芙蓉，這樣吧！我給你一天的時間去考慮，明天晚上我再來。」

我匆匆離去，偶一回頭，猶看見她白色的身影痴立園中。

×××

一次不遲不早的夜襲阻擋了我和芙蓉的約會。這一次好怕人啊！炸彈都落在附近，爆炸的聲音震耳欲聾，房屋搖撼，屋樑上的泥土都震了下來。爸爸嚇得喃喃地說：「明天就走！明天就走！不能再等了。」娘在嚶嚶低泣，平日的威風不知哪裡去了。月婆坐在我旁邊，緊緊摟著我，一面唸著佛號。我心裡卻掛念著芙蓉，她母女倆孤零零的，家裡沒有一個男人，不知會多害怕啊！

警報解除以後經過了午夜，街上在戒嚴；只好等到明天再編藉口出去了。

一大清早，就聽見街上人聲鼎沸說荔枝灣附近被炸；我顧不得等爸爸起床，跟月婆說一聲去探視同學，就狂奔到荔枝灣去。天呀！保佑芙蓉和梁嬸無恙吧！滿街上都是人，他們都是看「熱鬧」來的。好幾幢精緻的洋房都化為瓦礫了，斷壁頹垣之間還冒著煙；不能再前進了，警察把這個區域圍了起來。我在人叢中踮起腳尖看，什麼也看不見，就是一片燒焦的木頭和磚瓦。芙蓉的家在哪裡？

為什麼我看不到那荔枝灣林中的小木屋呀？我狂暴地擠開兩側的人，衝到站崗的警察面前，劈頭就問：「先生，請告訴我，種花的梁家，就是那間小木屋，有沒有被炸中？」

「唉！真可憐！都燒成灰了。」警察搖頭嘆息著說。

「那麼人呢？」

「也都燒成兩截黑炭了。」

「兩個人都死了？」

「可不是？」警察不耐煩地瞪著我。「你是她們的什麼人？」

我沒有回答他，雙手捧著臉，像瘋了一樣，衝開人群，往回家的路上直奔。才走了幾步，就聽見有人在叫我：「陳家駒！陳家駒！」

我停下步來，因為過度悲痛而搖搖欲倒。一雙壯健的手臂及時扶住了我，我抬頭一看，是我的同學汪壽章。

「陳家駒你怎麼啦？」他扶著我走到一個人家的石階上坐下。

「我的朋友被炸死了。」這時，我才哭出聲音來。

汪壽章陪我坐著，讓我哭個痛快，等我哭夠，他說：「哭不是辦法，你對前途有什麼打算沒有？」

「我爸爸要帶我到香港去。你呢？」

「我要去投軍！」汪壽章挺了挺胸膛。

忽然間，我想起了那天看報時曾經一度有過的決定，我連畢業文憑都還沒有拿到，到香港去做什麼呢？去學生意？去繼續忍受娘的白眼？「汪壽章，我也要去投軍，你看我有沒有資格？」我說。

「當然有哪！你是籃球選手，體格這麼棒，怎麼會沒有？不過，你捨得放棄香港少爺的享受麼？當兵很苦的啊！」

「我不怕吃苦，人生我已看透了。」我站了起來說。

「好，那麼我們明天就一起起程。」汪壽章和我約好見面的時間和地點，握手而別。

家裡亂糟糟的，爸爸出去了，娘在忙著收拾行李，根本沒有人發覺我曾經外出。我大大方方地也開始整理我的行裝，汪壽章吩咐過我要少帶，不過，媽的遺像卻是我隨身最寶貴的財產。月婆哭喪著臉走進房間來，一看見她，我就想起芙蓉，我本想把她們的噩耗告訴她，但後來一想，何必讓這老婦人難過呢？她還不知道我對芙蓉的戀情，芙蓉已經死了，我就讓這段還未成熟的愛永遠埋在心底吧！

「月婆，你的東西收拾好了沒有？」我強作歡顏問她。

「我收拾什麼？我又不去香港！」她淡淡地說。

「為什麼？」我吃了一驚。

「老爺太太叫我留下來看屋子，阿香跟你們去。」

「啊！月婆，你一個人留著不害怕麼？」

「怕什麼？活了這麼一大把年紀了，還有什麼可怕的？大不了就是死！」

「不，月婆，你不能一個人留著，日本飛機是沒有眼睛的。你不走，我也留下來陪你。」

「孩子，不要說傻話，你的性命是寶貴的，你不要忘了你媽就只留下你這條命根子啊！」

「可是，我不去香港，我要去當兵。」

「少爺，你不要開玩笑，你要去當兵？」

「是啊！我要當兵去打仗，去殺日本鬼，為——所有被日本鬼害死的人報仇！」

「阿彌陀佛！菩薩會保佑你的。」

「月婆，你好好地在家裡等我，打完仗我會回來的。」

「我老了，我恐怕等不了哪！」月婆用衣袖擦著眼淚，顫巍巍地走了出去。

第二天，趁著大家還沒有起來，我留下一封信給爸爸，帶著簡單的行囊，就悄悄地離開了家。

× × ×

經過了八年的南征北戰，勝利後我又回到老家。爸爸和娘都已歸來，兩人都垂垂老了；他們似乎忘記了我出走的往事，都很客氣地像對一個陌生的客人般接待著我。月婆不見了，我問頭髮已經斑白的阿香，她說：月婆在抗戰第二年中就去世了。

我又徘徊在荔枝灣頭，在芙蓉那幢木屋的地點上，已興建了一座茶亭，周圍又髒又亂，喧鬧不堪。昔年那如錦的花圃，那穿著白衣在暮靄中澆花的人兒，將向何處尋？驀地，我又想起了那兩句不吉的詩：「芙蓉如面柳如眉，對此如何不淚垂？」

負荷著那份與年俱增的寂寞與憂傷，我又再度離開了家，從此不曾回去過。

只因為沒有哥哥

王敏敏真是太「假老」了，一天到晚對我們講她的哥哥怎樣棒怎樣了不起。前天說他在學校裡參加英語演講比賽得了第一名，昨天說他當選了籃球校隊隊長，今天又說他當了他們學校樂隊的指揮。稀奇鬼！難道全世界的人都沒有哥哥，只有她才有嗎？

可不是？有什麼話可說的？也許別人也有哥哥，但是都比不上她的哥哥棒；而我，卻是連一個不棒的哥哥也沒有。做大姊姊，真是倒霉透頂！媽媽一天到晚要我做這做那的，只要我偶然表示一下不樂意，媽媽就會罵我：「這個死丫頭這樣大了，還這麼懶惰！人家隔壁的小美，比你還小一歲，早就會煮飯燒菜了。」

天！我懶惰？早上，到巷子口買豆漿燒餅的是誰？放學回家，打掃院子的是誰？晚飯後，假使媽媽頭痛或者胃痛什麼的，替她洗碗的又是誰？大弟才不過小我一歲半，媽媽就把他當作嬰兒看待，每晚連洗澡水都替他放好。大弟又頑皮又討厭，老是跟我作對；二弟和小妹也學著他的樣，常常欺負我。為了自己是大姊，又不得不讓他們三分。我多希望自己不是最大的，如果有個哥哥或姊姊多好！我也可以學他們那樣向爸爸媽媽撒嬌，甚至向哥哥姊姊撒嬌了！

真是羨慕王敏敏！也怪不得她「假老」和稀奇的。你聽她怎麼說。

我哥哥對我真好！他得了什麼食物，一定要分一半給我。每個禮拜天，不是帶我去看電影，就是用腳踏車載我去郊遊。我不懂的功課，他會耐心地教我。我喜歡集郵他就設法到處給我找郵票。……

哼！我才不相信！王敏敏還說她哥哥長得很帥，有點像亞蘭德倫哪！世界上有這樣十全十美的人嗎？一流省中的學生，品學兼優，又長得英俊？我所看見過的省中高材生都是戴眼鏡的四眼田雞嘛！一定是王敏敏吹牛，騙人！

「王敏敏，你把你哥哥吹得這樣棒，這樣英俊，他有女朋友沒有？」有一天，坐在我後面的田英忍不住這樣問了。

「沒有，我哥哥不喜歡女孩子！」王敏敏居然不屑地撇著嘴。

「為什麼呢？你哥哥不是挺喜歡你的嗎？」大夥兒都驚奇地叫了起來。

「我是我，我是他妹妹嘛！那怎麼同呢？」王敏敏瞪著那雙圓圓的大眼，她的神氣更稀奇八拉。

「為什麼你哥哥不喜歡女孩子？」出名三八的李玉玲不放鬆的又問。

「我怎麼知道？也許他認為全世界的女孩子都配不上他？也許他太忙了，忙得沒有時間去談戀愛，誰知道？」王敏敏老氣橫秋地，一面說一面聳著肩。她這個姿勢是從電影上學來的。

「你說你哥哥長得很英俊，怎會沒有女孩子追求他呢？」李玉玲又問了。

「誰說沒有？人家我哥哥不理她們嘛！哼！那些太妹，我哥哥怎會看得上眼？」王敏敏又是哼的一聲撇著嘴。

「你哥哥到底英俊成怎麼樣子？我們好想看看他啊！」不知道是誰在那邊小聲的說。

「對！讓我們到你家裡看看你哥哥好不好？」大夥兒一下子便都起鬨了。

「你們看不到他的，他討厭女孩子，你們一去，他就會躲起來。」

「那麼我們到他學校的門口去等他出來。」三八婆李玉玲大膽的說。

「我不陪你們去，你們怎認得出他？」王敏敏的樣子好神氣好驕傲。

「那麼，拿他的照片給我們看看。」又有誰這樣說。

「不要！看了你們會害單相思的。」王敏敏掩著嘴吃吃的笑了起來。

「神氣鬼！稀奇鬼！不看就不看，你以為只有你才有哥哥，只有你的哥哥才英俊嗎？我也有一個長得很英俊的哥哥，而且他已經讀大學，不是比你的更棒嗎？」一直沒開過口的熊麗白不服氣的嚷了起來。

但是，沒有人對熊麗白的哥哥發生興趣。因為，在我們初一女生的眼中，大學生太「老」了，我們跟他們合不來，高中生卻正合適。何況，王敏敏那個亞蘭德倫式的哥哥已先入為主，深深印在我們的腦海裡？我們多麼希望能見到他呀！現在我不但不討厭王敏敏對我們講她哥哥的事，反而很喜歡聽，一天沒有聽見她講，就彷彿少了一件什麼東西似的。從那個時候開始，我像瘋了似的拚命買亞蘭德倫的照片，正面的、側面的、站著的、坐著的、穿西裝的、穿古裝的、穿運動裝的、微笑的、蹙眉的……，各式各樣都有。不過，我還是最喜歡那張微微側著頭、微微皺著眉、嘴巴抿成一線的，他在憂鬱的時候特別可愛。為了買這些照片，我把零用錢都省了下來，有時在放學時餓得肚皮吱吱叫，也捨不得買個麵包吃。我把這些照片都鎖在抽屜裡，到了晚上做功課的時候就偷偷地拿出來欣賞，這時，我就覺得亞蘭德倫那雙深深的黑眼睛好像在望著我笑。

有一天，我做值日生，上體育課的時候，跟另外一位同學張錦看守教室，張錦上一號去了，只剩下我一個人。當我正在座位上低頭做英文習題時，忽然有一個人走進教室，站到我的面前來，把我嚇了一大跳。

我抬起頭。當我看到了這個人的臉孔時，就更是驚慌了。微微彎著一雙又黑又亮的大眼睛，露出了薄嘴唇後面的一排白牙齒，和氣地正在對我微笑的，不就是亞蘭德倫嗎？只是，他怎會穿上了×中的制服？

我愣愣地望著他，不住地在眨眼睛，以為自己是在做夢。亞蘭德倫卻開口了，好純正的中國話！

「小妹妹，請問這是一年仁班的教室嗎？」他問。

我點點頭，一時間竟開不了口。

「王敏敏在不在？」他又問。

我又機械地點點頭。忽然我驚慌得渾身發抖了，他找王敏敏，難道他就是王敏敏的哥哥？

「其他的學生呢？為什麼只有你一個人在這裡？」

糟糕！這下子不能單靠點頭來達意了。「她們都上體育課去了。」我的聲音變得很沙啞。

「你為什麼不去上體育？不是身體不舒服吧？」許是我異樣的表情引起了他的注意吧？我看見了更多的溫柔與關切流露在他的黑眼裡。

「沒有，我是值日生嘛！」我的聲音還是很沙啞。

「啊！那就好了。」他把手中的一包東西交給我。「這是王敏敏的飯盒，早上她忘記帶來，請你等一下交給她，再見！」他向我笑一笑，就急步的走了出去。

望著他那高高的、瘦瘦的背影，我在心中狂喜地叫喊著：我看到王敏敏的哥哥了！我看到王敏敏的哥哥了！而且，他還跟我說過話哩！

張錦從一號回來，看見我手中捧著那個套在保暖袋中的飯盒，就大驚小怪地叫了起來：「林惠喬，現在才十點鐘你就想吃飯了？」

「這不是我的，是王敏敏的。剛才，她——」我本來想把我的喜悅與張錦分享的；但是，臨時我又把話咽回去。「她家裡的人送來的。」

「林惠喬，你現在的樣子好美啊！有沒有鏡子？拿出來照一照。」張錦走到我面前，神經兮兮地在端詳著我。

「去你的！見鬼！」我把她推開。

「哼！真是狗咬呂洞賓，不識好心人！說你美還不好？真的，林惠喬，你現在眼睛發亮，臉紅得像蘋果，假使我是男孩子，一定要追你。」張錦打了我一下，一面跑開一面還不死心地喃喃說個不停。

我罵了她一聲「死相」就懶得跟她再計較。撫摸著那個飯盒的保暖袋，我要仔細地回味剛才的「奇遇」，仔細地記憶王敏敏哥哥的一顰一笑。王敏敏沒有欺騙我們，她的哥哥的確像亞蘭德倫，的確夠帥。啊！我太幸運了，我居然是全班中唯一看見過他的人。

王敏敏上完體育回來，我把飯盒交給她。她接過飯盒，一點也不高興，嘴裡嘀咕著：「何必送來呢？我本來想到福利社去吃冰淇淋和蛋糕的。天天吃飯，我都吃厭了。」

奇怪！她居然不問是誰送來的。

「你知道是誰送來的嗎？」我問。

「當然是我家的下女阿蘭囉！還有誰？」她漫不經心地說。

我笑了笑，不再說什麼，決心把這份喜悅深深埋在心底自己獨享。一整天，我都失魂落魄似的，上課時老師所說的話一句也聽不進去，卻是在一遍又一遍地重溫著自己與王敏敏哥哥之間那幾句簡單的對話，他那張好看的臉孔，更是不斷地在我眼前出現。

好不容易挨到下了課，我再也忍不住，拖著王敏敏就往外跑。

「王敏敏，我有一個秘密告訴你。」走到街上，看看後面沒有同學跟著，我就在王敏敏的耳邊悄聲的說。

「講嘛！賣什麼關子？」王敏敏白了我一眼。

「我今天看到了你哥哥。」我得意地說。

「講鬼話！」她推了我一把。

「誰騙你？要不然，你今天的飯盒從哪裡來的？」

「難道是哥哥給我送來的？」王敏敏瞪大了她那雙圓圓的眼睛。「對！他今天放假，一定是媽媽要他送來的。你剛才為什麼說是阿蘭嘛？」

「我什麼時候說過阿蘭兩個字？還不是你自己說的？」

「那麼，你真的看到我哥哥了？他很英俊是不是？」王敏敏興奮地問。

「還不錯！」我裝得很平淡地說。我怎能稱讚一個不是自己兄弟的男孩子英俊呢？

「還不錯？」王敏敏尖聲叫了起來。「你簡直不懂欣賞嘛！人家都說我哥哥可以到好萊塢去當小生啊！」

「得了！得了！別吹啦！誰不知道你王敏敏的哥哥全世界第一？」我順著她這樣說。我知道，憑這句話，王敏敏必將會視我如知己。

世界上的事情真是奇妙，我以前那麼渴望看到王敏敏的哥哥而不可得；誰曉得，在看到了一次之後我竟然又有了第二次的機會。

那個星期六的下午，媽媽叫我上街去買東西。當我經過一家電影院的前面時，忽然間聽見有人叫我。我回頭一看，王敏敏穿著一件雪白的套頭毛衣、一條淺粉色的裙子，打扮得像個大姑娘似的，正在笑盈盈地向我招手。她的身邊，站著個高高瘦瘦的男孩子，穿著一件跟她一樣的白毛衣和一條鐵灰色褲子，不正是她的哥哥嗎？

「啊！王敏敏。」我愣愣地站在她面前，微微張著嘴。我想像得出，自己的樣子一定傻得很。

「林惠喬，你要到哪裡去？」王敏敏問我。

「我要去買東西。」因為王敏敏的哥哥站在旁邊，我的聲音顯得有點發抖，而且很不自然。

「敏敏，這位小妹妹就是我上次送飯盒給你碰到的那位吧？跟我們一同去看電影好嗎？」王敏敏的哥哥在旁邊開口了。

我羞澀地抬頭望了他一眼。啊！他的眼神好溫柔，笑容好親切，真是世界上最好的哥哥。

「對呀！她就是林惠喬。林惠喬，你跟我們一道去看電影好嗎？看完電影我哥哥還請吃冰淇淋哩！」王敏敏拉著我的手說。

「不行的，王敏敏，我媽媽在等著我。」我多麼希望能夠跟他們一起玩，但是，我怎麼敢？我沒有勇氣。

「晚一點點回去有什麼關係嘛？」王敏敏噘著小嘴說。

「真的不行，我媽媽會擔心的。」我膽怯地又瞥了瞥她的哥哥一眼。「再見！」這句話算是對兩個人說的。

我急速地在行人道上走著，一顆心砰砰地在跳。我忘記了自己買東西的任務，走過了那家店舖一大截路以後才又想起來。啊！他還記得我，還請我看電影。比起同班的同學（她們還沒看過他一眼哩！）我是多麼幸運呀！

我更珍愛那些亞蘭德倫的照片了，我現在簡直是把他和亞蘭德倫合而為一。想在那些照片後面寫上他的名字，才想起根本不知道他叫什麼。不行，明天一定得問王敏敏。

王敏敏偷偷告訴我，她的哥哥名叫王洸洸。啊！好可愛的名字，真是人如其名。現在，「林惠喬曾經看見過王敏敏的哥哥」這回事，已成了我和她之間的秘密，班上其他的同學，誰也不知道。王敏敏崇拜她的哥哥，而我有幸見過她的哥哥，她本來就跟我感情不錯的，如今更是形影不離，無話不談。

以後我雖然沒有機會再見到王洸洸，但是，從王敏敏的口中，我對他的一切都知道得清清楚楚，而我也就陶醉在這種滿足裡。我知道他高中畢業了，我知道他聯考的成績很好，我知道他考取了第一志願——×大的電機系（不用王敏敏告訴我，我一大清早就在報上看到他的大名了），我知道他到成功嶺去受訓，我知道他在大學裡很活躍，當選了班代表，得了獎學金，很多女同學自動向他表示親熱……

啊！王敏敏以前說過他不喜歡女孩子，現在還是不是一樣呢？我很討厭那些大女生，一進了大學，就忙不迭地燙頭髮、擦口紅、穿高跟鞋，打扮得妖裡妖氣的，但願王洸洸對她們一個也看不上。

初三的上學期末，王敏敏滿十五歲，她媽媽為她在家裡舉行一個茶會，招待我們全班同學。大家聽見了這個消息，都欣喜若狂，因為大家都認為這次一定可以看到王敏敏的哥哥。

王敏敏叫我早點上她家去幫忙佈置，我當然義不容辭哪！誰叫我們是好朋友呢？王敏敏本來是星期一過生日的，為了大家方便，她提前在星期日舉行。茶會是三點鐘開始，她叫我兩點鐘就到她家去。

王敏敏真是天之驕女，太幸福了，幸福得叫我羨慕忌妒。她的家好漂亮，花園裡種滿了花草樹木，客廳裡的家具都是最名貴的。王敏敏穿著一身新衣服出來迎接我。她說：「林惠喬，到我房間裡來玩吧！」

「我們不是要佈置嗎？」我望著那完全不像要開茶會的客廳說。

「不要緊，等一下阿蘭會負責的。」王敏敏說著就來拉我的手。

王敏敏房間裡的，一切全是淡綠色的，好講究！她拿出高貴的巧克力來請我吃，給我看她的照相簿、集郵簿、洋娃娃，以及她所搜集的各種小玩意兒。

我吃著、看著、玩著，心中卻隱隱的感到悲哀。為什麼王敏敏能夠住在這麼豪華舒適的房子裡，過著公主一般的生活？而我就必須跟弟弟妹妹們擠在一個小房間裡呢？

王敏敏的照片簿裡有許多全家照，也有不少她哥哥的。我慢慢欣賞著，覺得照片裡的王洸洸，更像亞蘭德倫了。我已經有一年多沒有看到他，今天是她妹妹的生日，他會出來招呼妹妹的客人嗎？好幾次我都想問王敏敏；但是，不知怎的就是不敢啟口。

兩點半過後，王敏敏說：「我得去叫阿蘭準備了。」

她正說著，從房間外面就走進兩個人，前面是她的哥哥王洸洸，後面是個長得很好看的女孩子。一年多不見，王洸洸長高、變壯，也更英俊了，因為他現在已留了西裝頭。

「敏敏，你們茶會的時間快到，我要和張姊姊出去了，省得妨礙你們。」王洸洸一進來，就微笑著這樣對他妹妹說，後來，發現我的存在，才又加了一句：「咦！已經有小朋友來了？」

「哥，這是林惠喬嘛！你怎麼不認得了，你走開多可惜，我的同學們都希望看到你這位英俊小生哩！」

王洸洸心不在焉地向我點點頭然後笑了笑說：「算了吧！我這個小生害羞得很，見了那麼多女孩子會臉紅哩！安梨，我們走吧！」

那位名叫安梨的玉女型女孩子，一直沒有開過口，到現在才對王敏敏說：「敏敏，我們走了，祝你生日快樂！」

他一句「我們」，她也一句「我們」，他們走了，他的手扶著她的腰。他已有了女朋友，而我還不知道。

「我哥哥開始交女朋友了，張姊姊是他的同學。」王敏敏帶著得意的神情告訴我。何必她說呢？以為我還看不出來嗎？

我的心一直往下沉。最使我難堪的不是他交了女朋友，而是他竟然不認得我。我和他見過兩次面，也說過話，難道在他的腦海中一點印象也沒有？我為什麼傻得為他編織了兩年多的綺夢？為什麼？為什麼？是不是只因為我沒有一個哥哥？

茶會很熱鬧，點心很豐盛，王敏敏的爸爸媽媽都出來招呼我們。等她的爸爸媽媽進去了以後，大夥兒就起鬨說要見見她的哥哥。而我，在喧鬧聲中卻是在心中盤算著：等一下回家，就要把抽屜裡那些亞蘭德倫的照片都拿去燒掉。

再見！秋水！

走進那條幽靜的小巷，徐羽停在一幢小巧的洋房前面。洋房的門口掛著個小小的「教授鋼琴」的牌子，裡面傳出來琮琤的琴聲。對了，這就是了。徐羽又看了看門牌，對的，二十二號。二十二是個好數目，也正是我的歲數，多麼巧啊！但願它帶給我好運。

他輕輕按了按門鈴，一個小女僕來給他開門，問他找誰。

「我是來學琴的。請問老師在家嗎？」他囁嚅地說，彷彿怕人笑他似的。

「我們太太在家。你進來吧！」還好，小女僕只是驚訝地望了他一眼。

走進客廳，徐羽首先看到了坐在鋼琴前面兩個一大一小的背影。小的是個七八歲的小女孩，正在彈奏著簡單的練習曲；那個在旁指導的女人，不用說當然是鋼琴老師了。

「太太，有人找你。」小女僕輕輕喊了一聲。

那位鋼琴老師低低的跟小女孩說了兩句話，站起來轉過身。

「有什麼事嗎？」那個穿著一件淡灰色洋裝的女人的聲音是和藹的。

「我——我想來學鋼琴。」徐羽靦覥地說出了來意。

「哦！」也像剛才那個小女僕一樣，女人投給他驚訝的一瞥。「請坐吧！」她用手指一指他身旁的沙發。陽光從窗外斜斜的照進來，他注意到她的手特別白皙，而且還有點透明，就像他在故宮博物院裡面看到的古代的白玉如意一樣。

「是不是因為我的年齡太大了，不能學？」為什麼要大驚小怪呢？徐羽恨恨的在想。假使認為我已老得不能學琴的話，就說出來吧！

「也不是這個意思，我只怕我不會教。你知道，我只會教初學的小孩，事實上我的學生也全都是她那種年紀。」女人微微一笑，用手指了指那個在彈琴的小女孩。

「哦！」徐羽舒了一口氣。「那麼你不用擔心，我也是初學的。問題是，我已經二十二歲了，還能學嗎？」

「學是可以學的，只是比起那些幾歲的小孩，你會吃力得多。你可以告訴我，為什麼要學鋼琴嗎？你現在還在唸書吧？」女人還是微笑著。徐羽此刻發覺到，她的臉也跟手一樣是白皙而透明的，幾乎連皮膚底下的微血管都可以看得到。她的眼睛黑黑的，很好看。

「我正在唸大四，外文系。我本來是很熱中於文學的，但是，這半年來我的興趣忽然轉移到音樂上面，我有著一股狂熱的作曲的衝動，我自修了許多音樂方面的知識；可是，要作曲就得用琴來彈，不會彈怎麼行呢？就這樣，我才決心要做一個學琴的老學生。」徐羽侃侃而言，現在，他的不安消失了。「老師，你願意收這個老學生嗎？」他又補充了一句。

「你叫我阮太太吧！她們都是這樣叫我的。」鋼琴教師又指了指那個小女孩。「有你這位大學高材生做學生，我怎會不願意？」她笑了一笑。「我來給你安排個時間吧！你希望一個星期上多少個小時？」她從桌子上拿了一本簿子在翻閱著。

「阮太太，我可以知道一小時的學費是多少嗎？」他又開始不安了。這是最重要的一點，假如我付不出學費，那麼一切都是徒然的。

「一小時一個月四百塊。」

「啊！」他發呆了一下，額上滲出幾滴汗珠。這裡並不便宜，四百塊一小時是一般的價錢，他曾經向同學打聽過的。他們勸他到郊區來試試，說也許會便宜一點，想不到還是一樣。

「這是一般的價錢，我並沒有收得特別貴。」阮太太大概看出了他的心事，又解釋了一句。

「是的，這樣吧！」他猶豫著，然後就下了決心似的說：「我每星期學一小時，我希望在星期六下午。有空檔嗎？」他當家教的收入是五百元。他星期六下午沒有課。就這樣決定好了，既然要學，就得忍痛付出代價，既然到處的行情都一樣，這裡是你自己找上門來的，又怎好意思退卻？

「讓我看看，」阮太太又翻看著那本簿子，她白玉般的纖手在陽光的照射下發出晶瑩的光澤。「星期六下午只剩下五點到六點這一段時間，你方便嗎？」她抬起頭來微笑著。

「五點到六點？好的，就這樣決定。什麼時候開始呢？」他爽快的答應著。

「今天是星期四，你星期六來好了。」

「好的，謝謝你，阮太太。」他站起身來，向她彎了彎腰，就快步的走出去。

在秋日下午的陽光下走著，他覺得很快樂。他想像自己在一年以後將可以熟練地操縱那一排的黑鍵和白鍵，一首一首流自他心底的樂曲也將藉著琴鍵彈奏出來。儘管他對現在所讀的希臘神話、莎翁劇本以及一些難懂的現代詩現代劇並無惡感；不過，他現在的心已從文藝之神繆思而轉向音樂之神阿坡羅了。

士各有志，這是沒有辦法的事，他明知音樂家的道路比文學家還要艱苦還要坎坷；不過，他也顧不了那麼許多。

×××

走進阮太太的客廳，出乎徐羽意外的，阮太太沒有坐在鋼琴邊指導，排在他前面一小時上課的那個小男孩也沒有在「多瑞米法索」的彈著。長沙發上，斜斜的躺著一個十七八歲的少女，上身穿著一件沒有袖子的運動衫，下面穿著一條短運動褲，兩條雪白的大腿高高的架在扶手上。看見他進來，既不站起身來招呼，也不開口，只用兩隻亮晶晶的黑眼睛狡黠而好奇地盯著他。

為他開門的那個小女僕早已從院子裡走進廚房，現在，就只有他一個人手足無措地站在那個陌生的女孩子的面前。

「請問，阮太太在家嗎？」他不安地舔著嘴唇，老半天才吐出了這麼一句話。

「哦！原來是找我媽媽的。你找她有什麼事情呀？」少女拖長著聲音問，一面霍的坐直了身子，上下打量著他。

「阮太太是你媽媽？」他沒有回答她，卻是驚訝萬分地反問著。「怎麼樣？阮太太是我媽媽又怎麼樣？」少女不高興了，兩隻大眼睛惡狠狠地瞪著他。

「啊！沒有什麼，我只是不知道她有這麼大的女兒就是。現在，請你告訴我，你媽媽在不在家？我是來學琴的，這是我的上課時間。」他有點怕那個少女，忙不迭的鳴金收兵。不過在他的心底，卻仍懷著一個很大的疑團：這個太字號的健美女孩子會是那個纖小、溫柔的婦人的女兒？而且，她看來好像不過三十左右，會有這麼大的女兒嗎？她會不會是後母？她的丈夫又是什麼樣的人呢？今天是他第二次來上課了，兩次都沒看到有男人在家，一向不愛管閑事的他也不免因此而感到好奇。

「哦！原來我媽媽收了一個老學生了。」少女拍著手放肆的笑了起來。

「喂！你為什麼這麼大才學鋼琴？」

「這是我個人的事，沒有告訴你的必要。」那有人對待客人這麼不遜的？

他生氣的板著臉孔。

「你不告訴我，我就不告訴你我媽媽到哪裡去。」少女歪著頭，裝出一副頑皮的表情。

「不告訴也沒有關係。你媽媽收了我的學費，她會負責的。」他說完了這兩句話，也懶得再跟她胡扯，就氣沖沖的往外跑。

大門外，一部計程車戛然停了下來，車子裡鑽出一個嬌小的女人，那正是他的鋼琴教師阮太太。

他站住。

「徐先生，對不起！剛才有點急事我出去了。現在我們馬上開始。」阮太太喘著氣的說。

「沒有關係，你休息休息再開始不遲。」他本來是一肚子氣的，阮太太的態度卻使他對自己剛才的言行感到慚愧。

兩個人走進客廳，少女正站在那裡轉動著一雙骨碌骨碌的大眼睛望著他們。

「徐先生，這是我的女兒寶媛。」阮太太走過去拉著女兒的手，兩人站在一起，做女兒的反而高出了半個頭。

徐羽點點頭沒有說話。

「我們剛才見過面了，他還不相信你有這麼大的女兒哩！」寶媛狡獪地笑著。

「是嗎？徐先生。」做母親的也笑了。「寶媛長得高大，其實還是個小孩，她要到下個月才過十六歲生日啊！」

「阮太太，你叫我的名字好了，叫我先生，會使得我渾身不安。」徐羽別轉頭避開了寶媛的目光。

「好的，那我就叫你徐羽吧！其實你也還是個小孩哩！」母女兩人並排坐在沙發上，阮太太呷了一口茶又說：「啊！對了，說到小孩，使我想起了剛才的事。在你前面上課的那個小男孩，琴彈到一半就叫肚子痛，而且痛得面色發青，直冒冷汗，沒辦法，我只好僱計程車送他回家去，這一來回，就耽誤了你不少時間。」望了女兒一眼，阮太太又繼續說：「這樣吧！我們把時間往後挪半小時，上完了課，你就在這裡吃飯。好嗎？」

「不，阮太太，我可以回去再吃。」

「要我是你才不客氣哪！誰叫我媽媽把你的時間耽誤了？」寶媛歪著頭，撇著嘴的說。過了一會兒，看見徐羽不答話，便摟住她母親的臂膀說：「媽，你叫他留下來嘛！每餐都只有我們兩個人吃飯，冷冷清清的，多沒有意思！我喜歡有客人在家，巴不得你天天請客才好。」

「徐羽，你就答應吧！家裡就只有我們母女兩人，吃一頓便飯有什麼好客氣的呢？」阮太太撫摸著女兒的手，安詳地微笑著。

「不，我不好意思打攪。」徐羽還是推辭著。其實，他也頗有留下來的意思。他羨慕這對母女的親熱，渴望分享她們家庭的溫暖。他怕回到叔叔那個冷酷的家，更怕看到嬸嬸的長臉。他知道，他不回去吃飯他的嬸嬸會高興的，因為那樣他的堂弟堂妹們就可以多吃一點菜。

「媽，不要再跟他講了。到時候我們把大門一關，不放他出去，看他要不要吃？」寶媛把頭往母親肩膀上一靠，還偷偷向他扮了一個鬼臉。

「好了，寶媛，你不要胡鬧，再胡鬧徐哥哥就不答應你了。」阮太太輕輕把女兒推開，站起來說：「徐羽，我們開始吧！」

上星期六開始上鋼琴第一課，徐羽學會了觸鍵，現在，阮太太要他彈給她看。他試彈了幾個音階，阮太太點著頭：「不錯，你的指觸很有力，下次就可以彈一些簡單的練習曲了。你有天天練習嗎？」

「有的，我每天清早都到學校的琴室去練。」想不到學琴也不是簡單和輕鬆的一回事。他每天一大清早就跑到學校去，在別人還沒有使用琴室之前，他就搶先練個一個半個鐘頭，天天一遍又一遍的彈著單調的音階，連自己聽了也感到厭煩。唉！真是何苦由來？無端端為什麼要改行學音樂？

他那不太靈活的十指生硬地在琴鍵上敲打著。阮太太坐在旁邊給他指點。她的手指又白又細，指甲沒有塗過蔻丹，露出天然的粉紅色。當她示範彈給他看時，他就會覺得很奇怪，她的手看來那麼柔軟細小，為什麼彈出來的琴音那麼鏗鏘有力呢？

當他一個人在學校的琴室中練習時，他會覺得好枯燥好苦惱；可是，現在有阮太太坐在旁邊，她耐心地指導他，她的聲音溫柔而悅耳，她細白的小手又是那麼好看，於是，他不覺得練琴是一件苦事了。有這樣一個媽媽或是姊姊多好！可憐我這一輩子還沒有嘗過母愛。想到這裡，他無端端的竟然妒忌起那個名叫寶媛的女孩子來。

「媽，六點半啦！你們可以下課來吃飯了吧？」不知什麼時候寶媛已走到他們身後。

阮太太和徐羽同時轉過頭去，當他們看見了寶媛，不期而然的大吃了一驚。寶媛換穿了一件長度只及大腿一半的迷你洋裝，上身是只用兩條細細的帶子在肩膀上結起來的露胸式。衣料的花色是用最濃烈的紅、黃、藍、綠、紫等等熱帶色彩構成的普普圖案，看了使人目眩，但也更襯托得她的肌膚如雪。她的胸部已經發育成熟，此刻正誘惑地半露在這件性感的新裝外面。兩條修長潔白的大腿也大方的展露著，亭亭地站在他們面前。一雙大紅色的涼鞋，露出了粉紅色的美好的十趾。

「寶媛，你——你為什麼穿這件衣服？」阮太太陡的站了起來，聲音顫抖地指著女兒。「還有，你——你的臉——」

徐羽這時才注意到，在寶媛娃娃式的臉蛋上已塗抹了各種化粧品，眼皮上藍藍綠綠，本來殷紅色的嘴唇上閃著一層銀色的光澤。

「媽，有什麼好大驚小怪的嘛？方伯伯從東京寄回來的這件衣服，你說過可以在家裡穿的。」寶媛一面說著還一面擺了一個時裝模特兒的姿勢。「今天晚上有客人在家吃飯，我稍為化粧一下，又有什麼不對？」

「寶媛，你還是小孩子，等長大了才打扮不遲呀！」阮太太一手扶著琴站著，聲音軟弱而無力。

「我不是小孩子，馬上就滿十六歲了。媽，你不要忘記了，你生我的時候也只不過十八歲呀！」

「好了，好了，你答應我以後不要在有客人的時候穿這件衣服，我給你再買一件新的好嗎？」阮太太走到一張沙發上坐下來，臉色蒼白得像一張紙。

「不要，人家不要嘛！人家喜歡這件衣服，媽，你別這麼保守好不好？」寶媛嘟著小嘴，鼓著腮幫子。

這時，小女僕進來說晚餐已經準備好了，阮太太無助地看了徐羽一眼說：「我們吃飯去吧！」

看著阮太太這樣被女兒一句又一句的頂撞著，徐羽在滿腔義憤中已忘記了自己剛才曾經拒絕過她們母女二人的邀請，他感覺到他有留下來的道義。於是，他只是禮貌地說了一聲：「謝謝你，阮太太！」就跟著她們走進了飯廳。

三個人圍坐在一張方形的飯桌上，空著的一面向著廚房，他被安排在母女兩個人之間。

「徐哥哥，你看，今天有咖哩雞，是我吩咐阿英特別做的。你喜歡吃嗎？」

一坐下來，寶媛便滔滔地說著，此刻的她，又變成了一個乖巧的小女孩。

「謝謝你，我很愛吃。」徐羽也禮貌地回答她。

「真的，徐羽，你不要客氣呀！」阮太太的眉心微蹙著，顯然的，她對這個女兒是一點辦法也沒有。

小菜很豐盛，味道也很好，比起嬸嬸所做的淡而無味的家常菜——而且每頓都被他的堂弟堂妹搶得只剩下殘羹——不知好了多少倍，但是徐羽卻食不甘味。這對母女之間的衝突，使他感到不平：母親的柔弱、女兒的跋扈；母親的溫淑、女兒的放肆，都是個極其強烈的對比。怎會這樣的呢？是母親把女兒寵壞的嗎？還是父親的責任？還有，這家的男主人難道常不回來吃飯的？

在這一頓晚餐中，阮太太吃得很少，也很少說話。倒是寶媛簡直像一隻吱喳的小鳥似的，小嘴說個沒完，而且向徐羽問東問西的。為了禮貌，徐羽只好敷衍著。

那天，離開阮家以後，徐羽有著太多太多的感觸。他也有一個十六歲的堂妹，但是那個堂妹似乎混沌未開，一天到晚還跟弟弟妹妹吵架打架；當這群孩子發生爭吵的時候，嬸嬸破鑼般的嗓子也扯開了，咒罵的聲音半條巷子都可以聽得見，而說話的粗鄙又更是不堪入耳。

這時，徐羽便覺得自己的神經快要被這些「交響樂」撕裂了，他恨不得立刻逃離這個本來就不屬於他的家。如今，這個美麗而任性的阮寶媛（比起堂妹不知道要成熟了多少倍）卻有一個最最溫柔而荏弱的媽媽，又怎不叫人羨妒？啊！不要想得那麼多了，少管別人的閑事，多為自己的前途努力吧！你答應過嬸嬸，將來畢業後做事賺到了錢，就要償還這些年的生活費的。也難怪嬸嬸。叔叔每個月只收入那麼一點點錢，自己孩子一大堆，再加上一個我，日子當然不好過。雖說自己上大學並沒有花他們的錢，不過吃住還是他們供給的啊！誰叫你命苦，從小就死了父母？據叔叔說，我們原來也是個富有的人家，假如爸爸媽媽不是死得那麼早，而我們又還住在大陸的老家的話，說不定我也會像阮寶媛那樣有個舒適的家啊！

他每天清早就往學校的琴室跑，在寂靜的校園中，只有他孤獨的影子在彳亍。然後，他以苦行僧的心情敲著琴鍵，彈著單調的音階。這時，他什麼也不想，他一心只要把彈鋼琴的技巧高速完成，使他可以作曲。只要我有一天寫出驚人的樂曲，躋身於名音樂家之流（我們中國的作曲家實在太少了），不就可以吐氣揚眉了嗎？不，想吐氣揚眉固然是他的慾望之一；但是，他知道還有另外一種衝動趨使他成為一個作曲家，在他的靈魂深處，有著許多許多的旋律在醞釀著，像植物的嫩芽想要破土而出，像毛蟲的幼蟲在蠢動，像蛋中的雛鳥急著要孵化……，他要把這些旋律變成了五線譜上的音符。他不能任由自己所孕育著的胎兒悶死在腹中啊！

×　×　×

第三週他去上課，阮寶媛又要求他留下來吃晚飯，他推說有事，堅決的拒絕了。

「那麼，下個星期六晚上，你來參加我的舞會。」阮寶媛整個人伏在她媽媽的背上，雙臂摟著她媽媽的肩膀，一張臉卻向著坐在她媽媽旁邊的徐羽。兩個人的臉靠得這麼近，以至徐羽不得不立刻站起來從鋼琴邊走開。

「不，我不會跳舞。」他乾笑著回答。

「媽，你看這個人，什麼都說不，討厭死了！」阮寶媛把她媽媽的身體亂搖亂晃，彷彿把媽媽當作徐羽。

「寶媛，你站起來。」阮太太輕輕地推開了女兒。站起來轉向徐羽。「徐羽，是這樣的。寶媛的十六歲生日應該是下下禮拜一，她為了可以玩得晚一點，也為了你的方便，所以提前在禮拜六舉行。她喜歡熱鬧，約了一些同學來跳跳舞，你也來參加好嗎？」

「可是，我真的不會跳舞。」他搓著手說。怎麼辦呢？人家生日邀請你，不答應是不禮貌的行為；但是，我又實在不願意跟那些小太保小太妹混在一起，怎麼辦啊！

「你不會跳舞，我可以教你呀！來，我們現在就開始。」阮寶媛眉飛色舞的說著，一面還一手上舉，一手叉腰，作了一個要跳舞的姿勢。

「對不起，我不想學。」徐羽面無表情的說。

阮寶媛氣得噘起小嘴。

「這樣吧！徐羽，你不必跳舞，就坐下來吃蛋糕喝冷飲好不好？我陪你。」阮太太在做和事老。

徐羽還沒開口，寶媛就搶著說：「媽，不要你陪徐哥哥，我會陪他的。這是我們年輕人的聚會，不要你們老人家參加。」說完了，她就頑皮地向徐羽吐吐舌頭。

「好，我不參加，我躲在樓上不下來就是。」阮太太苦笑著。「那麼，徐羽，你一定要來，不要讓小孩子失望啊！」

「到時再說吧！」徐羽冷冷地回答。真沒看過一個這麼懦弱而不會管教子女的母親，像她那樣事事順從女兒，又有什麼辦法叫女兒聽話呢？

下一週，他還是如常的去學琴——現在，他已擺脫了可厭的音階練習，可以彈一兩首小小的練習曲了。他還是穿著一件香港衫和一條舊西裝褲。是否參加寶媛的生日舞會，他要見機而行，不特意參加，也不堅決拒絕。

阮太太也如常的等在鋼琴邊。但是，她似乎有點緊張不安，一看見他進來，就急急的對他說：「徐羽，我求求你，等一會你留下來不要走好不好？寶媛是我的命根子，我從小把她寵慣，她要什麼，就非達到目的不可。我知道，因為你是一流大學的高材生，她很崇敬你，希望跟你交個朋友。她還是個小孩子，你不要拒絕一個小孩子的要求好嗎？看在我的面上，答應她吧！剛才我跟她說，我替你向徐哥哥求情，你就要乖乖的等在樓上，不要下來騷擾他練琴，她馬上就答應了，她實在是個乖孩子呀！」一口氣說了這麼多的話，阮太太微微的喘著氣，潔白如大理石一般的面頰，也淡淡的泛起了紅暈。

「好的，我答應你留下來，阮太太。」沒有再加考慮，徐羽就爽快的答應了。誰能忍心拒絕這樣一個柔弱的母親的請求？誰又願意去傷害一個天真少女的心？的確，寶媛還是個小孩子呀！

客廳的一個掛鐘剛剛敲完了第六下，徐羽的雙手還在琴鍵上忙碌的奔馳著，這時，他聽見阮太太在對他說：「徐羽，時間到了，休息一下吧！」

為什麼？一曲都不讓我彈完？他愕然的轉過頭去，原來，阮寶媛已站在媽媽身邊，母女兩人親熱的彼此摟著腰，而女兒正帶著甜甜的笑意望著他。

「徐哥哥，謝謝你答應參加我的舞會。現在，我們先去吃飯好嗎？就只有我們三個，我的同學要在七點以後才來。」阮寶媛對他說。今天的她，穿著一件月白色的無領無袖直腰洋裝，臉上完全沒有化粧，渾身發放出青春的光彩，看來既乖巧而又可愛。

「可是，我沒有帶禮物來，多不好意思！」徐羽站了起來，這是他第一次用溫柔的語氣對阮寶媛說話。

「不，你不用送我禮物。是我們強迫你來的，你本來並不想來嘛！」阮寶媛說得可憐兮兮的。

「真的，你不用送禮，你來就是給我們最大的面子了。」阮太太也微笑著說。

比起兩個星期以前那頓尷尬的晚餐，今夜這個小小的宴會是愉快的。菜餚很豐盛（比叔叔家過年的時候還好），紅色的葡萄酒很甜，徐羽不覺喝了一小杯又一小杯。主要的是母女兩人今天都特別高興，女兒表現得那麼溫順，母親就彷彿中了第一特獎那樣的開心和喜出望外。

飯後，阮太太笑著說：「我這老人家要上樓迴避了，你們年輕人好好的玩呀！」說完了，她就上樓去。

望著她母親的背影，阮寶媛對徐羽說：「我媽媽其實年紀一點也不大，才不過三十四歲罷了！我叫她老人家是故意氣她的。」

「你媽媽很好嘛！你為什麼要氣她？」徐羽被她驚人的話弄得莫名其妙。

「也沒什麼，好玩嘛！」阮寶媛咬著指甲說。

「你認為氣你媽媽是好玩？」徐羽不覺生氣起來。忽然，他又想起了一件事：「你爸爸呢？你不怕你爸爸罵？」

「我老頭早就死了，那時我才十一歲。」阮寶媛依然咬著指甲，臉上顯出了漠然的神色，彷彿是在談論別人的事。接著，她又說：「我得上樓洗澡換衣服了。你不許溜走啊！有同學來的話，麻煩你代為招呼招呼好嗎？」

他默默地踱到鋼琴旁邊，無精打彩地隨意敲著琴鍵，一面不自覺地搖頭嘆息。多麼不懂事的女兒！多麼孤伶的母親！上天為什麼老是不讓人間有十全十美的事？這個外表看起來舒適而溫暖的家，原來卻是沒有男主人的。

他聽見門鈴響了，也聽見阿英去開門的聲音。接著，外面就走進來五六個十六七歲的男女孩子，一進門就大呼小叫的，一看就知道是太保太妹之流。一個說：「咦！想不到居然有人比我們到得早。」然後另外一個就大聲的叫：「阮寶媛，客人來啦！還不出來招呼客人？」沒有聽見寶媛回答，又繼續叫下去。

徐羽本來想不理他們的，但是又怕他們鬧得不像話，只得站起來對他們說：「阮寶媛在換衣服，馬上就下來，你們隨便坐吧！」

他們瞪了他一眼，也不答話，一個個就往沙發上東歪西倒。其中一個男孩子大模大樣的逕自去打開電唱機，抽了一張唱片放上去，鬼嚎似的披頭歌聲就驚天動地的響了起來。

「來！大家來跳舞啊！」那男孩子登高一呼，本來全都懶洋洋地歪倒在沙發上的幾個人，一忽兒又全都像幽靈般跳了起來，在客廳中間，跟著音樂的節拍，作出縮頭、聳肩、彎腰、駝背、四肢亂擺的怪異舞步。

他實在忍受不了這種感官上的虐待，正想偷偷溜走不辭而別時，忽然，阮寶媛出現在樓梯上。她又穿上那天晚上那件熱帶色彩的大花迷你裝，所不同者，她的胸前多掛了一串珍珠項鍊，而腳上穿的又是一雙白色高跟鞋。她亭亭地站在樓梯上，美麗而驕傲得像個公主在等候她的臣僕向她朝拜。

那幾個孩子也發現她了，在聲聲口哨夾著歡呼中，小公主笑盈盈地走了下來。她一眼就盯住了站在門口的徐羽，嬝嬝娜娜地走過去，伸著一隻纖指指住他：「你答應過我不溜走的，對不對？」她把兩手穿進他的臂彎，挽著他：「來，我把你介紹給大家。」

正在跳舞的人兒停了下來。他根本沒有去記那些張三李四的名字，倒是阮寶媛向他們介紹他是媽媽的高足，是×大的高材生，又是未來的音樂家時，曾經引來那些孩子幾秒鐘的崇敬的注視。

這時，外面又陸續來了兩批小客人，把一間客廳塞得滿滿的。阿英捧進來生日大蛋糕和冷飲，那些孩子們毫不客氣的一人一瓶的馬上搶得光光的。他們簇擁著寶媛，叫她切蛋糕，一面就有人開始唱「生日快樂」。

「不，你們等一下。」阮寶媛忽然推開那些人，走到獨自坐在一隅冷眼旁觀的徐羽面前說：「徐哥哥，你來彈琴好嗎？」

這倒是義不容辭的事，還好這是一首最簡單的曲子，而他又自己學習過和聲學，不至於當場出醜。於是，他點點頭，坐到鋼琴前，為這群孩子們伴奏。

他們大聲地吼著、鬧著，歌聲一停，阮寶媛立刻鼓著兩腮，用小嘴一口氣吹熄了十六枝小蠟燭。孩子們又瘋狂的鼓掌、歡呼；然後，阮寶媛舉起銀色餐刀，向蛋糕切下去。

徐羽依然默坐一隅，看著他們笑鬧。他想：儀式已經完畢，他應該可以告辭了吧？否則，等一會兒他們又要跳那種狂人似的舞，他可受不了哩！但是，阮寶媛卻又在這個時候出現。她一手拿著一瓶可口可樂，一手捧著一碟蛋糕走向他：「徐哥哥，原來你連冷飲都還沒有，太對不起了！」她壓低了聲音：「你知道的，我那些同學都是餓鬼，最會搶吃的了，你不去搶，就會吃虧的。你看，我給你留下一塊最大的蛋糕。」

徐羽把可口可樂和蛋糕都接過來，說了一聲「謝謝你。」忽然他想到了一件事：「你有沒有為你媽媽送一份蛋糕到樓上去？」

「沒有呀！我媽媽又不愛吃蛋糕。」阮寶媛雙手一攤。

「不是愛吃不愛吃的問題，而是你應該表示你對她的關心和敬愛。她花錢為你舉行這個生日舞會，你把她趕到樓上，已經很不應該了。現在，連生日蛋糕都不請她嚐一嚐，你怎對得你媽媽起呢？」徐羽忍不住就要「干涉」起她們的家事。

「好吧！你既然這樣關心我媽媽，我叫阿英送一塊上去。」阮寶媛有點不高興地說。

「不，叫阿英送上去不如不送。要你自己親自送上去才算數的。」

「好吧！」她看了他一眼。「我這就上去，你要在這裡等我呀！」

她去拿了一塊蛋糕，盛在一個小碟子上，蹦蹦跳跳的上樓去了；不一會兒又像一陣旋風似地從樓上捲了下來。

她衝到徐羽的身邊坐下，小臉蛋脹得通紅，一面還喘著氣。「徐哥哥，你真好！我媽高興極了！直誇我是乖孩子哩！」

鬼嚎似的歌聲又響了起來，大夥兒的腳已經在那邊擦地板。

「徐哥哥，你是不是真的不會跳這種舞？我來教你好嗎？」阮寶媛的腳底大概也癢了，她站了起來。

「不，我不想學。你去跳舞吧！我回去了。」徐羽也站了起來，這時，他才吃驚的發現：穿上高跟鞋的阮寶媛並沒有比他矮多少。她的臉，她裸露在外面的頸脖、肩膀、胸部、雙臂和兩腿，在粉紅色的燈光下，全部煥發著青春的誘惑。徐羽迷惘地注視著她：這個孩子何其早熟呀！看起來已經像是個二十歲以上的大姑娘了。「你為什麼又穿這件衣服？你媽媽不是叫你不要穿的嗎？」他忽然狂妄地起了想要改造她的念頭。

「我又沒有答應她！怎麼？這件衣服又有什麼不好呢？」阮寶媛立刻頑強地反駁他。

「這件衣服本身沒有什麼不好，只是，我覺得，以你的年齡和學生身份，還是穿剛才那件白色的比較好看，那會顯得你很純潔。」

「你覺得我穿那件白色的好看？」她的雙眼發出了光彩。

「嗯！」他點點頭。

有人在喊「阮寶媛快來跳舞」。

徐羽乘機說：「我要走了，請你替我去向你媽媽告辭吧！」

「好吧！我真不明白你年紀輕輕的，為什麼行為卻像個道學先生。」阮寶媛嘆著氣說。然後，她忽地又眉飛色舞起來：「告訴你，我的女同學都說你長得很帥，還問我你是不是我的男朋友呢？」

「小孩子不要亂講話。」這一下，使得徐羽的臉也紅了。他笑罵了一句，便慌張地走出客廳，穿過院子，沒入黑暗的街頭。

下個星期六，徐羽買了一本關於勵志修身方面的書去送給阮寶媛，算是補給她的生日禮物，他準備在下課後交給阮太太。正如上一次一樣，阮寶媛在鐘敲六下的時候從樓上下來，走到他們的身邊。「媽，我很聽話吧？沒有來吵你們。」她彎下身去摟著她媽媽。

「這本書補送給你做生日禮物。」他從琴旁站起身來，把書交給她。他注意到她穿上了那件月白色的衣服。

「徐哥哥，謝謝你！」她把書摟在胸前，並不打開。「為了答謝你的禮物，我要求你留下來跟我們一起吃晚飯。」

「不了，我還有事。」他準備開步就走。那怎麼行？一本書換一餐飯？即使叔叔家的飯再不好吃，他也寧願回去的。

「徐羽，我請求你留下來好麼？我有話要跟你商量。」阮太太叫住了他，她的聲調雖很溫柔，但是卻有著一股力量，使他不得不順從。

「我們不能現在談嗎？」徐羽有點震驚。他第一件想到的是她也許嫌他進步慢，不願意教他了；或者是，學費要增加？

「我想，我們還是一邊吃飯一邊談比較好。你總不至於連吃飯的時間都沒有吧？」阮太太微笑著。她看見徐羽在沉吟，就對女兒說：「去吩咐阿英開飯吧！徐哥哥答應了！」

「那怎好意思？我屢次叨擾你們。」徐羽是不善於拒絕別人的，終於，他又紅著臉做了她們一次「食客」。

「這算什麼叨擾？你不知道，寶媛那孩子多麼喜歡有人來跟我們一起吃飯。我們的家實在太冷清了！」阮太太低著頭幽幽的說。

該怎樣去安慰這個慈愛的母親和寂寞的婦人呢？徐羽正在抓耳搔腮，不知道該如何回答時，寶媛卻已走進來催他們去吃飯。

飯才吃了兩口，阮太太也還忙著讓客用菜時，寶媛便附在她媽媽身邊不知道在說些什麼。阮太太笑罵了一聲：「你這孩子真性急！」就向徐羽說：「我們現在就開始商量好嗎？」

「好的。」徐羽點點頭，他也正急於想知道事實的真相。

「徐羽，你說你現在是住在叔叔的家裡，是嗎？」稍為猶豫了一下，阮太太便這樣問。

「是的。」徐羽不解地望著他的鋼琴教師，她為什麼要這樣問呢？

「你有沒有一間自己的房間？」

「沒有！我跟三個堂弟共用一個房間。」一想到那個房間的髒亂嘈雜以及充滿了球鞋的臭味，他的眉頭就皺了起來。

「那麼你一定不能夠安靜的做你的功課了。你搬過來住在這裡好嗎？我們有好幾間空房間。」看到了徐羽眼中的疑問，不待他開口，阮太太便立刻解釋下去：「是這樣的。我們寶媛需要找一位英文家教，你當然是最理想的人選。假使你願意每天給她教一小時，我願意免費教你鋼琴，免費供你食宿，同時，在沒有人使用鋼琴的時候，你可以隨便練習。你說怎麼樣？」

在母女兩雙美麗的眼睛熱切的期待下，徐羽的心狂跳著：這不是在做夢吧？能夠脫離叔叔那個狹小吵鬧的家，不必再受嬸嬸的白眼，而且還天天可以練琴，天下還有比這更理想的事嗎？我還考慮什麼？

「謝謝你的好意，阮太太。我回去跟我叔叔說過了，假使他答應，我就搬過來。」壓抑著內心的狂喜，表面上，他冷靜地這樣回答。

「我相信你叔叔不會阻撓你的，你已經這麼大了。徐哥哥，你明天就搬來好不好？我的英文太爛了，非得趕緊補一補不可？」阮寶媛高興得幾乎跳了起來。她圓圓的大眼睛閃耀著興奮的光彩，鮮紅的小嘴滔滔地說個不停。儘管她的身軀已成熟如婦人，但是她到底還是不折不扣的孩子呀！她雖則頑皮，雖則有點太妹作風，不過內心還是十分善良的。望著自己這個未來學生的稚氣表情，徐羽不覺微笑起來。

×××

侄兒「交到這樣的好運」，做叔叔的怎會阻撓？嬸嬸更是高興萬分，立刻對他展開難得的笑靨，因為，他們可以減少一口食指，而家中也不必那麼擁擠了。徐羽提著簡單的一個小小行囊，也輕鬆愉快的跟叔叔一家道別，他說他會常常回去看他們的。他吹著口哨走出來，搭上公共汽車走向郊區。他的快樂不是為了從此可以住得好、吃得好，而是為了自己的能夠獨立，不必再寄人籬下。

他記得：阮家的門牌是二十二號，他第一次來的時候就認為它跟自己年齡相同而希望為他帶來好運，想不到如今果然實現。

真像是做夢一樣，他又有一個家了。這個家沒有咒罵聲和哭鬧聲，沒有貧窮，也沒有怨尤。這個家有兩個可愛的女性——一個溫柔，一個活潑；有舒適的設備；有美味的食物；最主要還是她們都把他當作上賓看待，使他頓然感到自己的重要性，這種感覺是他從來不曾有過的。

他學琴學得很有進步，偶然也偷偷的寫下一些還不成熟的旋律。其中一個題名「秋水」的，他準備將來譜成鋼琴小品。那旋律淡淡的、柔柔的，有著藍色的透明的感覺；他暗暗題上「獻給阮夫人」這五個字，他覺得那是為她而作的。另外一個叫做「春天的小鳥」的旋律，則是一首輕快活潑的管弦樂的胚胎，他覺得這曲子正適合阮寶媛。

現在，他除了到學校上課以及去教原來的那家家教外，他都很少外出。一有空（包括他的時間以及鋼琴），他就坐到琴前玎玎瑲瑲的彈著。在他原訂的時間外，阮太太假如沒有事，隨時都會義務的來為他指點。天氣已入冬季了，阮太太很怕冷，衣服總是穿得厚厚的，而露出來的一張臉和一雙手卻更加蒼白，更顯得楚楚可憐。奇怪的是，每當這個楚楚可憐，需要人保護的女人，坐在他旁邊時，他反而會有著安全感，而且也會彈得特別好。

漸漸，他竟然對阮寶媛妒忌起來，只要阮太太跟女兒親熱，他就會不高興。他自己也知道自己這種心理是荒謬可笑的，人家是母女，你一個外人憑什麼哪？

他很可能是個當老師的天才，他常常這樣想。要不，阮寶媛為什麼忽然變乖了，功課變好了，原來最爛的一科英文居然還拿過一百分（他所教的那另外一個學生也是進步神速）？她很聽他的話，她知道他不喜歡她穿那些性感和暴露的衣服（簡直頑固得跟她媽媽一樣，她這樣想），從此就不再穿那件熱帶色彩的迷你裝。她知道他不喜歡她那些太字號的男女同學，從此她就不再邀請他們到家裡來玩。對這一個事實，徐羽自己感到非常得意。

住在阮家的生活是舒適寫意的，使他煩惱的是，阮寶媛太會纏人了。只要她在家，他就休想有一刻清靜；她總是跟在他身邊，徐哥哥長徐哥哥短的問東問西。理她嗎，妨礙了他讀書的時間；不理她嗎，似乎不太禮貌，而且更對不起她的母親。星期日的時候，他希望她們母女出去玩，好讓他享受一刻安靜；但是，母女倆偏偏不放過他，不論去看電影，去上館子，去郊遊，總是要他一道去。事實上，他也沒有真正的拒絕過，因為他很喜歡跟阮太太在一起，他覺得他又得到家的溫暖。

在這些場合裡，阮寶媛總是最活躍最快樂的一個，每一次她都興高采烈的，指揮這指揮那的，一張小嘴說個不停。有一回，不知道為什麼她忽然嘆了一口氣說：「我們好快樂啊！只可惜方伯伯不能夠跟我們在一起。」

「方伯伯是誰？」徐羽不經意地問。

「是媽媽的男朋友。方伯伯人好好啊！他好疼我。」

「寶媛，別胡說！」阮太太蒼白的雙頰忽地變得通紅。

「哈！媽害羞了！媽，其實——」寶媛咭咭的笑著。

「寶媛，你！」阮太太突然大聲斥喝起來，本來泛著桃紅的面頰忽又回復到原來的蒼白。

從來不曾看見媽媽發怒過的寶媛嚇得吐吐舌頭，不敢再說話，一個歡娛的假日也因此而蒙上了陰影。

看見她們母女交惡，徐羽在內心裡不禁隱隱的有點幸災樂禍的感覺。然而，當他一想起「方伯伯」這三個字，立刻就像有一條毒蛇在咬噬他的心窩。哼！

我原來以為你是個多貞節的孀婦，是個多慈愛的母親，原來也已經有了「男朋友」的。只是，這個男人是誰？我為什麼從來沒有見過有人找她？而且也從來沒有聽她們提起過呢？啊！有了，那次寶媛穿那件噁心的大花迷你洋裝，好像說過是什麼伯伯從東京寄回來的。那個老遠從東京寄東西來討好她的人，是不是就是那個方伯伯呢？算了！算了！那是別人的家事，你管它作什麼！徐羽，你必須記住你來這裡的目的是以你的英文知識來換取學琴的機會，而不是捲進無謂的感情的漩渦裡呀！是的，是的，我知道！我知道！

他開始逃避，寧可放棄了在阮家自由練琴的方便。每天，他一早就上學去，中午，在小館子以陽春麵充飢，其他的時間就躲在圖書館讀書、瞑想，偶然也到琴室去打打游擊。他總是到晚飯的時候才回阮家。平常，他本來就不是多話的人，如今就更加沉默。阮太太不時用懷疑的眼光望著他：「徐羽，你是不是在我們家裡住不慣？或者是寶媛不用功，使你生氣了？」

「沒有！沒有！阮太太，我好好的，你不要多心！」他總是惶恐地回答著，同時避開了她關切的眼光。

每天晚上，為寶媛教完英文以後，寶媛往往賴在他房間問長問短的不肯離去。他不是呵欠連連的說：「睏死了，我要睡覺了，你回你自己房間裡去吧！」就是裝出一副可憐的樣子說：「你看我還有這一大堆功課要趕，我們明天再談好嗎？」使得寶媛只好悻悻地噘著小嘴走開。

耶誕節的前十天，寶媛就邀他在耶誕夜一定要參加她的家庭舞會。他還沒有開口，她就補充著說：「徐哥哥，你看我是不是很乖？你叫我不要跟那些太字號的同學們玩，自從我生日以後，我不是就沒有再請他們來了嗎？不過，耶誕節又不同嘛！大家都喜歡熱鬧熱鬧，所以我再舉行一次舞會。你不要說我是太妹，同時，也一定要參加啊！」

「到時再說吧！」徐羽皺著眉，輕描淡寫的回答。

他知道到時一定逃不掉的。那天，他一整天都留在學校裡，晚上，去看了一場末場電影，又去攤子上吃了一碗麵，然後才回阮家去。他想：到家時一定已經靠近午夜，那群瘋狂的孩子應該已經散了。當他從電影院出來的時候，發現外面很冷，他早上出門時是暖和的大晴天，所以只在襯衫的外面套了一件薄薄的毛線背心。現在，他覺得有點冷，但是也並不在意。吃過麵以後，公共汽車已經收班了，他花不起那筆計程車的車資，仗著胃裡的一股熱氣，就步行回去。今天的晚上，街頭非常熱鬧，到處都是盛裝的男女。有些人步履踉蹌，像是喝醉了酒；有些人頭上歪戴著尖尖的紙帽，瘋瘋癲癲地摟著女伴哼著不成調的歌。徐羽忽然感到一陣噁心，看這群從聲色場中出來的狂歡後的人，這像是一個神聖的宗教節日嗎？怪不得教徒們口口聲聲說「世人都有罪」，這些藉神明之名來尋歡作樂的人（包括在阮家舉行舞會的小狂人在內），才真正是罪人啊！

走進郊區，寒風愈來愈大，吹得衣衫單薄的徐羽不由得不用雙手抱著雙臂，上下兩排的牙齒也因為冷得發抖而互相擊撞起來。回到阮家，已是十二點多，樓上樓下都已燈火盡黑。他慶幸自己逃過一次「劫數」，掏出鑰匙，悄悄開門進去，立刻鑽進床裡，蒙頭大睡。

他這一睡就睡到第二天中午，直到阿英來敲門叫他吃飯他才醒。他想起來，才一撐起身體，便覺得頭部像有一千斤的重量，而且昏昏沉沉的，眼皮也好像抬不起來，只好又倒下去。

他又睡著了，過了許久，忽然覺得額上很冰涼很舒服，彷彿有一塊光滑的金屬放在那上面。他睜開眼睛，首先進入眼簾的，是兩張姣好的臉，一張是明淨如秋水的瓜子臉，一張是煥發著青春的光彩的圓臉。那年輕的母親坐在他的床沿，正把她那隻如白玉雕成的纖手去觸摸他的前額。女兒站在她的身後，兩隻圓圓的大眼，正關切地望著他。

「徐羽，你生病了，而且還發燒哩！」阮太太淡淡的雙眉微蹙著。她的手已從他額上移走，徐羽這才發覺自己全身滾燙的，頭腦裡面更像有一團烈火在燃燒。

「徐哥哥，你昨天晚上到那裡去了嘛？害得我們好擔心！」寶媛開始在埋怨他。

「寶媛，不要說了，徐哥哥生病，需要休息。你現在到對街去請史大夫來給他看看好嗎？」阮太太立刻制止了她。

「阮太太，我不要緊的，不用看醫生，躺一下就好了。」徐羽說，他的聲音是軟弱而無力的。在他的記憶中，他和他叔叔一家，從來都不需要看醫生的。有誰感冒發燒（他知道自己是受了涼），只要買幾包成藥來服，躺一兩天床就會好的。但是，阮寶媛已經跳跳蹦蹦的走了。

他果然是感冒。史大夫給他打了一針，給他吃了幾顆特效藥，兩天後就痊癒。他倒是在私心裡希望多病兩天，讓他納點「清福」。他渴望著阮太太那隻白玉雕成的溫柔的手，當它放在他額上時，輕輕的、軟軟的、濕濕的、涼涼的，那種舒服的感覺，會一直從額部沁到全身的每一個細胞裡。他渴望著她溫柔而關切的注視。以前，他不大敢直視她那雙美麗的眼睛，現在，卻勇敢地坦然的接受了它們，因為他是個生病的「孩子」。他喜歡聽她俯下身來低低地問：「好一點了沒有？」這時，他就可以聞到她呼出來的以及身上的、衣服上的芬芳的氣息。

她有時親手為他沖牛奶，並且親自送進來給他喝。有時是寶媛送進來，有時是阿英。只要是阮太太送來，他就覺得那杯牛奶特別甘美，往往一口就喝光。於是，阮太太就會露出安心的神色說：「啊！你開始有胃口了，明天我叫阿英煮豬肝麵給你吃。」

她出去以後，他就忍不住躲在被子裡哭起來。我為什麼是個孤兒？為什麼沒有自己的家？而這個溫柔的、善良的女人為什麼不是我的母親、我的姊姊，或者我的……啊！

徐羽的病好了。小病後的他，似乎變得比以前更強壯，更健康。他不再躲避她們母女倆，他已變得很「正常」，漸漸能夠跟阮太太自然相處而無不安之感。至於寶媛的糾纏，他也極力容忍著，把她當作一個頑皮的小妹妹那樣看待。

× × ×

快到舊曆年的時候，他發覺阮太太常常外出，每次出去都買回來大包小包的，臉上也總是露出興奮的表情，原來大理石般潔白的面頰經常泛著桃紅。她把頭髮燙短了，衣服也穿得鮮豔一點。他覺得她不如原來的那個樣子好看，只是似乎更顯得年輕一些。他暗暗覺得奇怪，她對過年為什麼這樣有興趣？而且，一個人口這樣簡單的家庭，過年怎會需要買這麼多的東西呢？

寶媛也顯得特別興奮。現在，學校已經放寒假了，阮太太每次出去買東西她都要跟著去。在家裡，有時是在廚房裡幫阿英做過年的食物；有時則是從樓上跳到樓下，又從樓下跳到樓上，摸摸東摸摸西的無事忙著。在假期裡，她對補習英文已不怎麼起勁了。徐羽想自己大概也沒能力把這個野貓似的女孩管教成為一個聽話的學生（即使她的母親也沒有這個能力呀！），也就任由她去。

距離過年只有幾天了。一天的上午，母女兩人雙雙的盛裝出門去。臨走的時候，兩個人一起走到徐羽的房間裡，阮太太含笑對徐羽說：「我們出去一下，中午就回來，你要等我們一起吃飯啊！」

「徐哥哥，我們等等就有好消息帶給你。」寶媛也插嘴說。

說著，母女倆相視而笑，笑得好甜，好神秘，弄得徐羽莫名其妙。她們走後，他很想去向阿英打聽打聽她們的行蹤，後來又覺得那不太妥當，也就作罷。心裡想：反正她們回來就知道了，急什麼呢？

他攤開了一本音樂家的傳記，很快的就沉湎下去。音樂家未成名前的潦倒，對藝術和人生的熱愛以及對愛情的執著，都使得他由感動而發生共鳴。一時間，他忘記了現實的一切，他覺得自己已與那個與他相隔了一個世紀的音樂家合而為一。

兩個小時過去，他沒有離開過他的椅子。當他微微感到腹飢，知道快到正午時，他聽見阮太太母女倆從外面回來的聲音。幾乎是同時的，寶媛已像一枝箭一般的衝進他的房間裡。

「徐哥哥，快出來，你看是誰來了？」不由分說的，她把他拉著就往客廳上跑。

阮太太笑盈盈地站在那裡。在她的身旁，是一個很體面的中年紳士。高大挺拔、服裝講究，一看就知道是個上流社會的份子。

「方伯伯，這就是我的家庭教師。你看他是不是很帥？」

寶媛把徐羽拉到那位中年紳士的面前。

「伯松，他叫徐羽，也是我的鋼琴學生。」阮太太給他們介紹著。「徐羽，這位是方伯伯，剛從東京回來。」

「徐先生，你好！」方伯松伸出一隻肥厚的大手和徐羽相握。「寶媛，你的這位小老師一看就是一位有為青年，我相信他不只外形帥，而且學識也一定很好。是不是？」說完了，也不等別人答話，自顧自的就哈哈大笑起來。

「大家請坐吧！」阮太太一面說一面要脫大衣，那位紳士馬上就站到她身後，用優美的姿勢為她脫了下來。

寶媛也開始在脫大衣，方伯松瞥了徐羽一下，看見他木然地站著，視若無睹；就微微的一聳肩，走過來也服侍寶媛脫下來。

遇到這突如其來的變化，使得徐羽一時不知如何是好。他絕對沒想到她們母女倆是去接飛機（真後悔沒有向阿英打聽一下），更沒想到她們接來的就是這個不受他歡迎的人。他也不知道為什麼會這樣討厭這個陌生人，儘管這個陌生人的外表是高尚的、好看的，但是他就是不能忍受多看他一眼，不能忍受與他共處一室。

他站在那裡，很想退出，又覺得那太沒有禮貌。阮太太這個時候已經跟方伯松並坐在一張長沙發上，看見他站著，就說：「徐羽，坐呀！」他只好坐下來。

嬌小的阮太太坐在方伯松的身邊，在徐羽的眼中看來，簡直就像一隻小貓跟一隻巨熊在一起那樣的滑稽，那樣的不成比例。他也發覺：阮太太今天看來特別美麗，也特別年輕，那身玫瑰色的羊毛衣裙，使她原來白玉似的面龐泛出淡淡的粉紅色，遠看猶如少女。她是為那隻巨熊而打扮的，他痛心地想。我知道了，她近來的興奮，原來就是為了巨熊的回來。看來，她不久就會變成方太太了。那麼，寶媛呢？是不是也跟著姓方？可憐那個無知的孩子，竟然也那麼高興，她以為那些高貴的物質就可以代替失去的父愛了，真是幼稚！膚淺！

寶媛從飯廳那邊走出來催大家去吃飯。在飯桌上，方伯松儼然是主人的樣子，不斷的勸徐羽夾菜。他談笑風生，滔滔不絕地講他在東京的見聞（徐羽想：你只不過是個庸俗的商人而已，神氣什麼？），講寶媛小時頑皮的往事，聽他的口氣，似乎他已認識阮家多年，但是他卻能技巧地完全沒有提到死去的阮先生。

寶媛不時的插嘴，說些撒嬌的孩子話。而阮太太卻只含情默默地注視著方伯松，很少開口。她眼中的情意多濃！她嘴邊的笑意又多甜！啊！這隻庸俗的、自大的巨熊，他也配？

一團團妒恨的烈火升自他的胸臆，火燄燒到他的眼睛，徐羽覺得整個人都快要爆炸了。勉強扒了一碗飯，就站起來告退。

「徐先生，請等等，我還有事情宣佈。」方伯松伸出他的巨掌，把徐羽按回椅子上。

宣佈什麼？是他們的婚訊嗎？徐羽閉著眼睛，臉色蒼白得像一張紙。

「阮太太本來說今天晚上要為我接風的，」方伯松得意洋洋地把兩隻大手分開按在桌面上，身體坐得挺挺的，有著君臨在上的那種神氣。「我說，老朋友不必客氣了，我來請大家吧！」他把聲音提高了一點：「我們今天晚上的節目是：先到××酒店去吃晚飯，然後去跳舞。」他把頭轉向阮太太，用無限柔情的聲調說：「我們一對。」用手指了指寶媛和徐羽。「他們兩個一對。寶媛，你說好不好？」

「太好了，方伯伯，太好了！」寶媛高興得幾乎跳了起來。

「對不起，我今天晚上有事，不能奉陪。」這是什麼話？誰跟你們一對一對的？你這隻巨熊，不要以為每一個人都是可以任你擺佈的。徐羽氣得渾身發抖，也顧不得禮貌，站起來板著臉說了這幾句，就走回自己房間裡，把房門緊閉著，躺在床上生悶氣。聽見寶媛在門外喚他，他也不加理睬。

他明白，這裡將不能呆下去了。來了這隻巨熊，便沒有他容身之地，而阮太太也不再是以前那個溫柔慈藹的鋼琴教師（她的溫柔都留給那隻巨熊去了），他留在這裡，也不會再有興趣，還是回到叔叔那個狹小吵鬧的家去吧！前些日子叔叔也表示過，在別人家裡過年似乎不大好，假使他願意，不妨回去住。還好，四五個月後他就要去服役，即使嬸嬸嫌他，也嫌不了好久，為求得心靈安逸，吃點物質上的苦又有什麼關係呢？

走吧！趁現在就走！省得晚上又發生麻煩。反正我和阮家是公平交易，我任何時候走，她們都不至吃虧。想通了，徐羽翻身起床，就動手收拾他那簡單的行李。行李收拾好以後，又覺得不辭而別太過絕情，於是又坐下寫信。

信才寫了一半，聽見有人敲門。他問是誰，回答的是阮太太嬌柔的聲音。他慌忙把信紙塞進褲袋裡，走去開門。

阮太太捧著一個紙包進來，看見他空空的桌子以及放在地上的旅行包，就驚訝地問：「怎麼？你——」

「阮太太，我——我叔叔叫我回家去過年。」他訥訥地說，低著頭，眼睛不敢望她。

「真的嗎？以前為什麼沒有聽見你說過？」

「真的，本來今天早上要說的，剛好你們出去了。」

「就算回家過年，也用不著這麼快就走呀！今天才二十六。」阮太太用懷疑的眼光在他臉上搜索著。

「我叔叔要我回去幫弟弟妹妹們補習功課。」

「說得也是。不過，你為什麼不明天才回去呢？我們今天晚上的節目很熱鬧呀！」阮太太的眼睛閃耀出喜悅的光芒。「哦！對了，徐羽，你看我給你帶什麼來了？」她打開手中的紙包，拿起裡面一件灰綠色的套頭毛衣，在徐羽身上比著。「買得正合適，你穿穿看。」

「阮太太，這是為什麼呢？」徐羽顯得很惶恐。

「也沒什麼，只不過是我送你過年的一點小禮物。」阮太太微微一笑。「我寫信叫方伯伯替我買的。剛才，他打開皮箱的時候，還帶點醋意的問我為什麼要買男人的毛衣，等我說明是送給你的，他才放心的笑了。」

「謝謝你，阮太太，不過，我不能接受你的禮物，因為你所給予我的已是太多了。」儘管他心裡為阮太太那幾句「不要臉」的話而產生了極大的反感；不過，他這些冠冕堂皇的話卻都是出於至誠的。

「謝什麼？把它穿上吧！今天天氣相當冷啊！」阮太太把毛衣放在床上。

「寶媛不在家吧？」徐羽試探著問。這一兩個鐘頭裡都沒有聽見她的聲音，他希望她出去了。

「她在午睡。這孩子也真貪玩，她說要養足精神來應付今晚的節目。她還說，要你一定也參加哩！」

「很抱歉！這次恐怕要讓她失望了。阮太太，請你替我向她致意好嗎？因為我真的已經答應我叔叔要回去的。」

「你有事，我們也沒辦法勉強你。那麼，你哪一天回來呢？」

「我——我，等過了年再說吧！」他實在應該趁機聲明他不會再回來的。但是，他就是硬不起心腸，他恐怕這樣直說會損害了這個善良的女人。

「我還有點事，」阮太太看了看手錶。她白玉般的手腕，細嫩得使他心疼。

「我不送你了，徐羽，快點回來啊！」

「你請便吧！阮太太，再見！」徐羽送她走出房門，看著她那纖細輕盈的背影走上樓梯，然後，提起那小小的行李包，讓那件灰綠色的毛衣躺在床上，悄悄走出了阮家的大門。

他回頭望了望這幢灰色的小洋房。琴聲寂寂，人聲寂寂。二樓的窗帘後有一個高大的人影站著。那是那隻巨熊嗎？他是不是正在向她展覽他從島國帶回來的花花綠綠的、足以吸引女性的東洋貨色？再見了！灰色的小洋房。再見了！二十二號。再見了！我的二十二歲。

一個旋律縈迴在他的腦際，淡淡的、柔柔的，有著藍色的透明的感覺。他撮起嘴唇，用口哨把它吹出來，聽起來卻是澀澀的，像是咬了一口沒有成熟的蘋果。他搖搖頭苦笑了一下，「秋水」，再見！我是永遠不會把你完成的了，不久以前，我還以為那將是「徐羽作品第一號」，那是多可笑多幼稚的想法啊！當然，「春天的小鳥」也要「擺擺」了。這些不成熟的作品，不該跟那不成熟的感情一起埋葬掉麼！

冷冷的月暖暖的燈

楊月娥站在她那部新買來的本田牌摩托車旁邊，一面繫著頭巾，一面微笑著對她的同事舒成說：「舒先生，我載你回家去好嗎？」

她那淡紅色的紗巾在黃昏的涼風中飄蕩著，很美；她那口整齊而潔白的牙齒在暮色中閃閃發光，也很美。但是，舒成卻搖搖頭：「不，謝謝你，楊小姐，我寧願走路。」

「為什麼呢？怕我把你摔下去嗎？」她歪著頭，愛嬌地問。

「不是的。在辦公廳坐了一整天，我喜歡散散步。」

「好吧！那麼明天見了！」

她跨上車子，發動引擎，向舒成微笑著揮揮手，就風馳電掣的開走了。多麼矯健活潑的一個女孩子呀！舒成望著她騎在車上挺直而苗條的背影，不禁愣愣地出神。

「怎麼？小舒，後悔了，是不是？」不知什麼時候，舒成的肩膀被人重重地拍了一下。回頭一看，原來是同科的老李，正嘻皮笑臉地望著他。

「鬼話！」舒成不想多講話，開步就走。

然而，老李卻是亦步亦趨。「說真的，小舒，局裡每一個人都看得出那小妞兒對你有意，你為什麼偏偏那樣流水無情呢？人家哪一點配不上你嘛？」說到這裡，老李壓低了聲音又說：「是不是地域觀念在作祟呀？」

「不是，不是，你少瞎說。」

「那麼是為了什麼呢？」老李一點也不放鬆。

「是怕我配不上她。」為了要阻止老李繼續嘵舌，舒成只好捏造一個很謙卑的理由。

「哈哈！別矯情吧！你堂堂一個外文系畢業學生，長得又帥，會配不上一個商職畢業的女孩子？你大概嫌她學歷不夠是不是？其實呀！娶妻在德，為什麼一定要女學士才行呢？」

「老李，你少廢話好不好？我又不是要娶她，跟我講這種話幹嘛？」舒成緊緊皺著眉頭。

「我是好意的提醒你，人家身邊可是圍著一大堆尖頭鰻的啊！你不急起直追，別人就捷足先登了。」

「謝謝你，老李，那你自己為什麼不去追呢？」舒成把腳步加快了一點。

「是呀！多可惜！誰叫我已經名花有主呢？」老李窮追不捨，雙手一攤，滿臉苦笑。

舒成被他纏得沒有辦法，只好指一指前面的一條巷子，騙他說：「老李，我還得替我母親到她一個朋友家去送個口信，失陪了，明天見！」說著，就急急往前走，摔下了那個貧嘴的傢伙。

他走著，走著，不知怎的，耳畔儘是響著老李的那一句話：「那小妞兒對你有意」。真的嗎？楊月娥對我有意？我怎麼一直都感覺不出來？想著，想著，他竟不自覺地全身發熱，滿臉通紅起來。

他想起了第一次見到楊月娥時的情景。

半年多以前，他從外島受完軍訓回來，很順利地考取了這家機關的英文秘書工作。當他第一天到文書科去報到時，科長對他很客氣，也很器重，除了把他介紹給科裡的幾個同事以外，還帶他到隔壁總務科和會計科去，一一給所有的同事介紹，並且強調：舒成先生是×大外文系的畢業生，英文造詣極深，年輕有為等等。由於科長這幾句話，所有的同事似乎都對他另眼相看，大家都用看明星一般的眼光看他，這使得年輕臉嫩的他感到十分的難為情。

第一天上班，是沒有什麼工作的。舒成在舊同事的指導下，填了領物單，交給工友，不一會兒，工友就把他所請領的紙張、卷宗、墨水、尺、原子筆、迴紋針、大頭針之類的一大把的抱到他的辦公桌上。由於東西太多了，他也懶得去點，就一件一件的放到抽屜裡。當他正在整理他領來的文具時，忽然有一個臉蛋長得很甜的女孩子，走到他的桌前，含笑對他說：「舒先生，這是您請領的鋼筆，剛才老張忘記給您拿來了。」說著，遞給他一枝黑色的鋼筆。

他慌忙站起來，接過鋼筆，訥訥地說：「啊！太對不起了！小姐是——」

「我叫楊月娥，在總務科工作。剛才你們科長不是給我們介紹過了嗎？」少女嫣然地笑著。

「啊！是的，楊小姐，太對不起了，還麻煩您給我送筆來，謝謝！謝謝！」舒成慌亂地，結結巴巴地說著。

「沒什麼！以後還得請舒先生多多指教啊！再見！」楊月娥說完了，又是露齒一笑，然後翩然走出了文書科。

唔！事情的確不太簡單！當時，我就懷疑過，老張忘了拿鋼筆，她不會叫工友送回來嗎？又何必親自送到？而且，以她當日那種甜蜜的笑容，對一個剛來的男同事，是否會過份熱絡呢？怪不得那次她一轉身以後，就有同事偷偷對我說：「楊小姐是我們的局花，長得夠美吧？她對你蠻不錯嘛！你們倒真是郎才女貌，天生一對啊！」

老天爺！那些人怎麼搞的？為什麼老要想到這種事情上面去？難道男女之間就不能有友誼存在？不過，楊月娥的表現倒也真的很容易貽人以口實哩！只是，我太笨了，笨得一直沒看出來吧！

那一次，他們全局去郊遊，目的地是野柳。他和楊月娥剛巧同乘一部交通車，而她剛巧又坐在他的前面。她跟另外一個女同事李小姐同坐，不曉得有意還是無意，一路上，她都是噥噥唧唧地跟李小姐說話說個不停，所說的又是有關自己的私生活和思想；而且一雙眼睛，又不時斜斜地瞟向後座，好像故意說給他聽。她的側影很美，睫毛很濃密，小巧的鼻子襯著兩瓣櫻唇，構成了完美的線條。他不想聽她的私事，但是她清脆的聲音卻不斷地進入他的耳鼓，他知道她是個影迷，喜歡烹飪，喜歡插花，喜歡看小說，晚上還去補習英文。不錯，她是個好女孩，但是，這關我什麼事呢？我已經有宜宜了。

到了野柳，大夥兒合拍照片時，好幾次，她都站在他的身邊。野餐時，她和她的女伴們又坐在附近，她不斷地把自己做的滷牛肉和滷蛋啦什麼的送給他和他的同伴。於是，男的這一邊又大大起鬨，說什麼「小姐親手做的食物特別香」，「小姐對舒成特別青睞」等等，弄得他面紅耳赤；但是楊月娥還是跟她的女伴們嘻嘻哈哈的，不以為忤。

他走著走著，愈想愈不對勁。楊月娥對我的確是有點不尋常，我已經有了宜宜，所以更加應該小心一點，否則，弄出誤會來就麻煩了。自從那次旅行以後，楊月娥便常常藉故來向他執經問難，不是拿著英文書來請他解釋一些她不懂的句子，就是請他幫她解決功課上的難題。當她站在他辦公桌旁請教時，她的雙目含情，嘴角含笑；她的身體靠得他那麼近，往往使得他因此而緊張不安。漸漸的，全局的同仁都在談論著楊月娥在追求舒成，處境尷尬的舒成也就只好裝聾作啞。

楊月娥自從買了那部摩托車以後，已經不止一次的要載他回家去，但是，每次都被他拒絕了，局裡那麼多的同事，她又有很要好的女友，她為什麼不載他們或她們，而偏偏要載我呢？老李的話大概不是胡謅，而是有根據的。啊！遇到這種事情可真傷腦筋。

假使楊月娥不可愛，那還簡單一點。麻煩的是：她美麗而慧黠，能幹而勤勞，溫柔而乖巧，那是很難使人不動心的。不過，我已有了宜宜，還是不要妄想的好。

那天晚上，舒成立刻給宜宜寫信。宜宜已有很久沒有信來了，他真怕自己把持不住。宜宜是他的同班同學，已經到了美國一年多。說起來，他和宜宜的分開真是一齣悲劇，打從宜宜上了船那一刻開始，他就擔心她會摔了他。宜宜是女孩子，一畢業就出去並不為奇，可悲的是他受完軍訓還不能出去。他的父親是個小公務員，負擔很重，急須他出去工作來幫助家計；而且，即使他申請到獎學金，他父親也沒有辦法給他籌劃那筆龐大的旅費。因此，他自始至終，從來沒有作過留學的打算。找一份安定而待遇優厚的工作，就是他最大的願望；

如今，他的願望總算已經達成，只是，宜宜對他卻似愈離愈遠。

他記得：在宜宜動身的前一天，兩個人曾經偎坐在圓山的綠蔭深處，作最後一日的相聚。宜宜把頭靠在他的肩上，他的手攬著她的纖腰。不止一次的，他吻著她的鬢角說：「宜宜，你出去後會把我忘記嗎？不知怎的，近來我老是覺得你將來一定會拋棄我。會嗎？宜宜，因為在不久的將來，我就沒有一樣能夠比得上你了。」

「噓！不許你這樣說，你以為我是個勢利小人是不是？」宜宜用手掩住了他的嘴巴。「無論如何，我永遠是你的，舒成。」說著，她愛嬌地把臉藏在他的胸前。

「真的嗎？宜宜。那我太感激你了。」他狂喜地低頭吻了她。

接著，兩人就計劃著，如何在分別後的日子裡，彼此都要盡量儲蓄，等積夠了錢，而舒成的大弟弟也能夠出去工作了，他也要出去一趟。

他們是懷著希望分手的，剛到美國的時候，宜宜定期的一個星期寄一封信回來，漸漸的就變半個月一封。她在信上告訴他，她愛他、想他，但是，功課太緊了，不能常常寫信，請他原諒。他當然原諒她，因為他承認學業比愛情重要。是不是？一個多月以前，宜宜來信說她很幸運的在一家書店裡找到一份店員的工作，每天都要上班，忙得很，以後也許會少寫一些信了，又是請他原諒。自從那封信以後，她就一直沒有寫過信來，他一連去了兩封信，也沒有回覆。

到底是怎麼一回事呢？那份工作真的會忙成這個樣子？他開始惶惑和恐懼起來，在燈下，就給宜宜寫信：

「宜宜，我的愛人：

已經有一個多月沒有收到你的信了，你真不知我有多耽心與惶恐。是你生病了？出了意外？還是有什麼我想像不出來的原因？

宜宜，沒有了你，在我的生命中就像失去了太陽，失去了空氣，沒有花香，沒有鳥語，到處是一片冰冷和死寂。這，難道你體驗不出？自從你走了以後，我學到目不邪視，除了公事上的接洽外，我很少跟女孩子說話，同事們都笑我是和尚，是假聖人。這一切，我完全是為了你，你相信嗎？

由於你這麼久不來信，我的信心又動搖起來，不知道自己是否有把握奮鬪下去，以達到積錢出國的目的。那日子實在太遙遠，太渺茫了。宜宜，你必須幫助我，鼓舞我。

我每天上班下班的生活是呆板的，日子尤如一泓死水，沒有什麼值得報導。你呢？宜宜，工作很忙是吧？不過，再忙也盼你能抽空給我一封信，哪怕只是一張明信片也好。用我的全心愛你，吻你。

祝福

你的舒成」

寫完信，他真的在信箋上印下無數吻痕，然後小心翼翼的摺疊起來，放進信封裡，並且親自走出巷口，投進郵筒裡。

楊月娥每次碰到他，還總是天真無邪的要載他；而他也總是硬起心腸去拒絕，他覺得他對宜宜必須堅貞不二。

一個星期、兩個星期，宜宜還是沒有回信，他急得茶飯不思，夜不成眠，幾乎想打電報去問原因。

在第三個星期裡，宜宜的信終於來了，厚厚的一疊，代替過去她一直在使用的、薄薄的航空郵簡。

他把自己關在房間裡，欣喜欲狂，但卻四平八穩地坐在書桌前，然後用顫抖的手把信打開。

「舒成……」開頭的稱呼使他感到不安，過去，她總是稱他為「親愛的成」的。

不要多心，讀下去再說吧！他這樣為自己寬解著。

「舒成：

請原諒我這麼久都沒有給你寫信。生活上的忙碌是一個原因，而心情的複雜又是一個原因。我們之間發生了一些變化，我不知道該怎樣告訴你才好。此刻，我心煩意亂，一枝筆有似一千斤那麼重。唉！叫我從何說起？

舒成，留學生的苦悶與徬徨，你一定已經從報紙上讀到很多，而且也一定想像得出。而我，就是其中一個。剛到美國的時候，你真不知道我有多痛苦！人地生疏，言語隔膜，食物吃不慣，除了上課，簡直不敢出門一步，然而，上課的時候也不是完全聽得懂。晚上就蒙在被子裡哭。最苦的是，教授總是指定我們看那麼多的參考書，一頁頁都是數不清的生字，等到我們把生字查完，人家美國同學已讀完一本書了。第一個學期，我的成績完全是C。當時，我不敢讓爸媽和你知道，只是輕描淡寫的說成績平平，因為怕你們為我傷心。

到了第二個學期，言語、生活習慣和學業成績都算略有進步；但是，經濟問題又威脅著我。同學們大都有了工作，能夠自給自足，我怎好還要爸媽寄錢給我呢？何況，家裡的經濟情形又不十分寬裕，每一分錢都是爸爸辛辛苦苦賺來的，我實在不忍心再用他的錢，我已經夠大了。我曾經到處奔跑覓職；但是，一則我的英語還不夠流利，二則我們讀文科的實在不容易找到合適的工作。我不知跑了多少個地方，結果仍是處處碰壁。

在這種情形下，我的苦悶和寂寞也就日益加深了。在這裡，同學們大多數成雙成對，每逢週末，公寓裡就剩下我一個人；雖然每個禮拜我都收到你的信，但是，一張薄紙是填不滿我空虛的心的。

事情就是這樣發生了。一個週末夜，我獨自待在公寓裡準備功課，突然的，我的胃部劇痛起來（我本來沒有胃病，來到這裡以後，也許因為飲食不能適應，偶然就會有脹痛的現象），於是，我強忍著，下樓到街角那家 Drugstore 去，想買點止痛藥什麼的，誰知，我還沒有走到目的地，就痛得冷汗淋漓，只好靠在一根街燈上呻吟。這時，剛好有一個中國人經過，他好心的問我是不是生病，並且自告奮勇的叫了一部街車送我到醫生那裡。

從此，我結識了這位工程師，他也是從臺灣來的，去年已得到了博士學位……」信讀到這裡，舒成就已經知道了後面的故事。他的額上不斷地冒著汗，全身虛弱無力，不得不把身子往後靠在椅背上，閉著眼睛喘氣。完了，一切都完了，我果然不幸而言中，宜宜已經投到別人的懷抱裡。他閉目養了一回神，然後掙扎著又繼續把信讀下去。

「……這位李先生對我很好，把我照顧得無微不至，那份書店的工作，就是他給我介紹的。自從認識了他，我不再寂寞，不再徬徨，整個生活都顯得有生氣起來了。舒成，你不要罵我，這一切好像都是冥冥中有所註定，我們是逃避不了，也改變不了的。

經過了半年的交往，我們彼此都覺得很相投，在一起時十分愉快。他昨天向我求婚，我已經答應了。你知道，我獨自在美國掙扎了一年多，我早已厭倦而且怕極了那種獨自浮沉的況味，我需要安全，也需要安定，而李正好能夠給予我這些。他人好，有學問，有上等的職業，有經濟的保障，而最重要的，他對我一往情深。一個女人所需要的，他都已具備，我已經廿四歲了，還等待什麼呢？

舒成，原諒我吧！我們之間的諾言太空洞了，我們的夢想遙遙無實現之期，這樣拖下去，對彼此都沒有好處，何不趁早分手？以你的才識與外貌，是隨時都可以另找一個理想伴侶的。舒成，忘了我吧！也請忘了我們那段幼稚的初戀。今後，我們還是朋友，假使你有朝一日也到美國來深造，我當盡地主之誼招待你。

還有很多事情等著要做，就此擱筆。在這裡，我寄給你遙遠

祝福

問候伯父母安好

宜宜上」

大滴大滴的淚珠落在舒成的頰上。自從上了中學以後，他就不曾哭過，他一向都是認為「男兒有淚不輕彈」的；想不到，他的淚水今天卻為負心的女友而洒落。他伏在桌子上，一邊悶著聲痛哭，一邊揑緊拳頭輕輕搥著桌子（他多麼想用力的搥下去，但是又怕被家裡的人聽到）。哭倦了，就把那幾張薄薄的航空信箋揉作一團，扔到地上；然而，過了一會兒，又撿起來，不放心地再讀一遍，生怕自己剛才看錯。這樣，他一共看了三遍，證實這件事無望了，才把信

扔到字紙簍裡。人呢，也像那團紙一樣，鬆鬆軟軟地，頹然地倒在床上。

精神上所受到的嚴重的打擊，使得舒成病倒了，他足足病了一個星期：頭痛、心悸、惡寒、虛脫、失去食慾、夜不成眠……，連醫生也診視不出是什麼病。只有他自己心裡雪亮，這是心病啊！但是去哪裡找心藥呢？

他請了一個星期的病假，終日懨懨地躺在床上，雙眼望著天花板發呆。他的一切希望與歡樂都已隨著宜宜的他嫁而幻滅，今後的他，剩下的只是一個無心的軀殼，而他的生命也只剩下一片空白。

舒成在局裡人緣很好，他病了，好多同事都來探望他，不過，卻沒有人猜得到他生病的原因。由於他的病不是太嚴重，像老李他們幾個，來了就圍坐在他的床邊說說笑笑的，倒也為他解除不少寂寞；但是，他們一走，孤獨之感又襲上他的心頭，他過去和宜宜在一起的種種情景又一一出現眼前，使他覺得悽愴、惆悵。

一個黃昏，他的父母和弟妹正在圍桌晚飯，享受天倫之樂。他吃了兩口母親親自為他下的豬肝麵以後，就獨自靠在床上發呆，忽然間，門鈴響了，不一會兒，他最小的妹妹奔跑著走進來說，有一位小姐來看他，他正在奇怪自己怎會有小姐來探病時，母親已領著一個女孩子進來。她不是別人，正是曾經使他心神不安的楊月娥。

他吃驚地欠身要起來。楊月娥卻先開了口：「舒先生，您不要起來，我馬上就要走的。」

「楊小姐，太對不起了！我這點小病怎敢勞動大駕呢？」舒成一面說著客套話，一面為他母親介紹著：「媽，這位是我的同事楊小姐。」

「伯母，您好！」楊月娥乖巧地向舒太太點頭微笑。

「楊小姐，請坐呀！」舒太太也和藹地向楊月娥微笑著，臉上露出了滿意的表情。

「舒先生，我聽李先生他們說你請了病假，可是一直沒有空來看你，現在好些了吧？」楊月娥在一張椅子上坐了下來，很得體地問。

「謝謝你，楊小姐，我現在已沒有什麼，再過兩天便可以去上班了。」舒成有點尷尬地望著她。

楊月娥很懂得探病的藝術，知道不應該耽擱得太久。她跟舒太太閒聊了幾句之後，便把她帶來的一本新出的英文雜誌和一籃蘋果留下，便起身告辭。

送走了客人，舒太太立刻又再走進兒子的房間。她坐在兒子的床邊說：「成呀！你什麼時候交上這個女朋友的？怎麼也不告訴媽一聲？」

「媽，別瞎講，人家是同事嘛！」舒成脹紅著臉。

「恐怕不只是同事關係吧？要不然，為什麼別的女同事不來，就只有她來呢？」舒太太笑著又問。

「媽，真的，我沒有騙你，我根本跟她沒說過幾句話，更絕對想不到她會來。」舒成為自己申辯著。

「不管怎麼樣，你千萬不可錯過這個機會。這是個好女孩，比宜宜好得多了。可憐的孩子，你何苦為宜宜病成這個樣子呢？天下又不是沒有別的女孩子，光是楊小姐，就比宜宜不曉得好了多少倍。我一看見就喜歡她了。」

「媽，請你不要再說下去了！我想休息一下，請你出去好嗎？」舒成厭煩地叫著。

「好，我出去。不過，我希望你好好想一想。我們大人經驗多，眼光夠，我們說的話都是有道理的呀！」做母親的說著就走了出去。

他母親離去以後，舒成拿起楊月娥送給他的那本英文雜誌，隨意的翻閱著。她想得多周到呀！知道我病中寂寞，就送雜誌給我解悶，別的人為什麼就都沒有想到呢？他望著那籃紅豔的蘋果，又彷彿看到她豐潤的雙頰；於是，他又後悔剛才對母親太不禮貌了。

是舒太太出的主意。她說，舒成這次生病，叨擾了他的同事不少，每個來看他的人都送東西，我們怎好意思白領呢？她建議要還請這些同事們一次，包點餃子，做點滷菜，惠而不費，又可以彼此聯絡感情，何樂而不為？

於是，就在舒成銷假後的第一個星期日，在舒家舉行了一個簡單而歡樂的聚會，八個被邀的同事中，只有楊月娥一個是女性。要邀請楊月娥時，舒成也遇到不少困難。他不敢公開地請她，一則怕人笑話，二則只請她而不請其他女同事也不妥當。沒辦法，他只好在下班後到寄車處附近等她，等她推著摩托車出來，他就走過去，結結巴巴地把話說了出來，同時強調那是他母親的主意。

楊月娥一聽，雙眼立刻閃著亮光，臉上也煥發出喜悅的光芒，毫不猶豫的就答應了。最後，她又拍拍摩托車的後座說：「舒先生，我送你回家好嗎？」

「不，謝謝你，我還是散散步比較好。」舒成又是硬著心腸拒絕了她。

在舒家那個小小的聚會中，楊月娥真是出盡了風頭。舒家沒有僱用人，她就權充舒太太的助手。別看她是寶島姑娘，可是，包起餃子來，包得比誰都快都漂亮。拿起菜刀，拿起鏟子，也是乾淨利落，頭頭是道。舒太太樂得眉開眼笑，合不攏嘴。舒成的弟弟妹妹們團團圍攏在她身邊，更是楊姊姊長，楊姊姊短的叫個不停。舒成進出於客廳和廚房之間，忙著招呼客人，眼看楊月娥在家事的操作上嫻熟得儼然像個小主婦，也不禁暗暗驚奇。

他想起了以前宜宜也來過他們家裡包餃子。那次，宜宜的笑話可多哪！她不會包餃子，凡是她經手包的，每一個餃子都裂開，把一鍋開水弄得一塌糊塗。後來，她又自告奮勇要表演煎荷包蛋。她連打開蛋殼都不會，用兩手死命去掰，結果，那個「荷包蛋」變成了蛋殼、蛋白和蛋黃混在一起的「三合蛋」。

這一來，把舒成一家都逗得笑痛了肚皮。事後，她哭喪著臉對舒成說：「我在家裡從來沒有進過廚房，連開水也不會燒，你說我將來怎麼辦？」

「那有什麼關係？你可以慢慢學呀！」他說。

「假如我還是學不來呢？」

「有我呀！起碼我會燒開水、燒飯、煎蛋和煎魚，我燒給你吃就是。」他吻著她。

可是，現在宜宜馬上就要成為那位工程師的妻子了，那位留美的博士會像我這樣體貼她嗎？在美國是很少人能僱得起女僕的，不懂烹飪的她，豈不是要大大吃苦了嗎？想到這裡，舒成不禁搖搖頭，感到有說不出的難過。

那天，一頓水餃吃得非常熱鬧，大家除了誇獎舒太太的烹飪工夫以外，還大大讚美楊月娥一番。多事的老李，更是乘機為楊月娥和舒成拉攏，這不免使得楊月娥又羞又喜。

客人散去以後，舒太太又向兒子嘮叨了。「成呀！你看，我的眼光沒看錯吧！楊小姐是個多能幹多乖巧的孩子，更甭說長得如花似玉了。人家李先生他們大夥兒都直誇她哪！你為什麼就好像無動於衷呢？」

「媽，你不要逼我好不好？這種事情，應該順乎自然，而不可急進強求的呀！」舒成這樣回答。

做母親的不再嚕嗦了，因為她知道兒子已不再峻拒了。

以後，舒太太又邀楊月娥到家裡來玩過幾次；漸漸的，舒成也開始邀約她單獨外出。他並非那麼容易就把宜宜忘懷；只是，在他內心的天秤上，他覺得宜宜像是天空上的一輪冷月，可望而不可即，而楊月娥卻是屋子裡的一盞明燈，靠近她就感到溫暖。衡量之下，他認為燈比月更可愛些。

楊月娥有時還要用摩托車載他，但是他從來沒有答應過。他正計劃用那筆儲蓄中的錢也買一部。他想：被女孩子載總不大像話；假如我要靠近著這盞暖暖的燈，為什麼不自己學駕駛呢？

北窗下

張秀亞／著

一扇向北的小窗，為心靈繫上想像的翅翼，一泓曲澗、一枚小石、一片綠影，醞釀成一篇篇的飄逸情思。張秀亞女士在窗內捕捉璀璨的意象，於窗外尋繹人生的啟示。她的文字，有掇拾記憶與自然的喟嘆、洞徹人性及真理的光輝，洋溢著動人的芬芳。她用深富哲思的文筆，樹立抒情美文的典範。

愛琳的日記

張秀亞／著

本書記錄張秀亞女士在中部生活的點點滴滴，以及對文藝創作的看法。作者以優美細膩的文字，在筆端燃燒內心的熱情，並擁抱生活和大自然的愛與純真、追求人生深邃的真理、領略不平凡的感情與崇高的意念，發現人性的真、善、美，漫溢在這紛紛擾擾的人世間，感動你我的心。

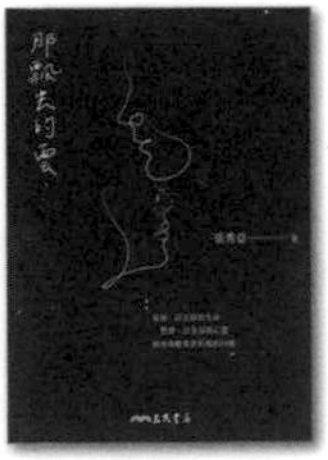

那飄去的雲

張秀亞／著

本書收錄十六篇小說，捕捉縹緲的情愛絮語，或憂或喜，都在傾刻流洩的一念之間；描寫稚子翻騰真摯的小小願想，晶瑩動人。筆鋒融合東方抒情傳統與西方現代主義風格，對細節的捕捉、幽微氛圍的營造極其敏銳，從她的筆端真誠不矯的映射出「每個人心中被愛情五味酒浸透的歲月」是如何「掙扎著站了起來，跨出了夢境的門檻」……

寫作是藝術

張秀亞／著

作者以其得意之筆，寫她對寫作技巧的分析、對文學優美傳統的闡釋，以及在文學藝術上的深刻見解，更有她意境高遠的抒情寫景絕妙散文，詞采清美、光芒四射。欲體會人生哲理、諳習寫作要旨、提高生活境界者，不可不讀。

我與文學

張秀亞／著

「美文大師」張秀亞女士以美善的心靈、細膩的情思、優美的文字寫成這本《我與文學》。它將開啟你的心靈，讓你以新的眼光來看待身邊的一切，發現日常的美麗輪廓。

校園裡的椰子樹

鄭清文／著

鄭清文的作品，善於描繪一般民眾的日常生活，對人、對事都採取他一貫「簡單」描述卻「豐富」呈現的特殊風格。無論是丈夫被同袍分食的年輕孀妻，中年失業的一家之主，親人自相殘殺的孤獨女子，身體殘障的大學女講師……，這些看似悲劇色彩濃厚的人物，在作者筆下，總能在沉重的身心煎熬之後，雲破天開，找回自己的尊嚴與定位。

青春小說選

吳岱穎、凌性傑／編著

本篇收錄林育德、楊富閔、葛亮、張耀升、胡淑雯、賴香吟、郭強生、嚴歌苓、李昂、史鐵生、鄭清文、翁鬧十二位作家之代表作，以時間為主軸，按照作者出生年由近而遠排列。每一篇小說背後，暗藏作者的心靈映象，也負載了時代的縮影。本書編輯體例分為：小說文本、作者簡介、導讀賞析，邀請讀者一同悠遊於小說世界。

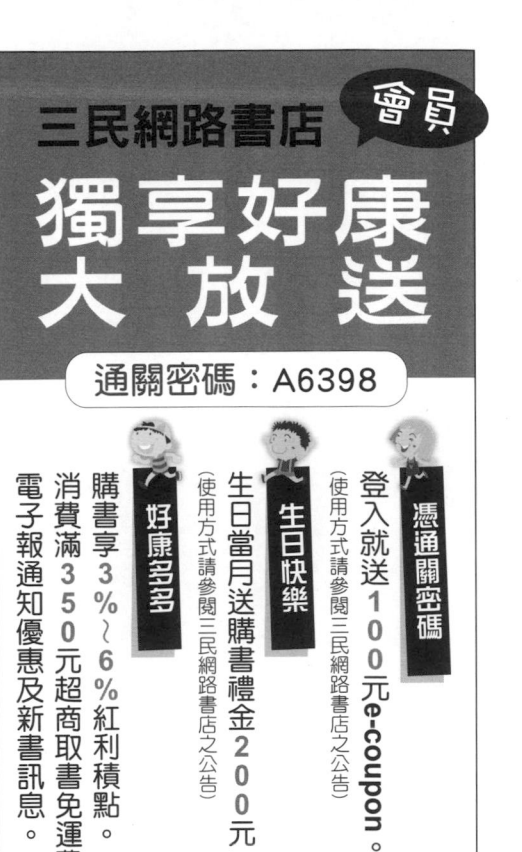

國家圖書館出版品預行編目資料

再見！秋水！／畢璞著.——五版一刷.——臺北市：
三民，2021
面；　公分.——（集輯）

ISBN 978-957-14-7318-5（平裝）

863.57　　110016805

集輯

再見！秋水！

作　者	畢　璞
發行人	劉振強
出版者	三民書局股份有限公司
地　址	臺北市復興北路 386 號 (復北門市) 臺北市重慶南路一段 61 號 (重南門市)
電　話	(02)25006600
網　址	三民網路書店 https://www.sanmin.com.tw
出版日期	初版一刷 1970 年 2 月 四版一刷 1991 年 4 月 五版一刷 2021 年 11 月
書籍編號	S850940
ISBN	978-957-14-7318-5

三民書局